JOAQUIM CESÁRIO DE MELLO

A VIDA COMO UM ESPANTO:
inventário de um existir humano

Copyright © 2022 de Joaquim Cesário de Mello
Todos os direitos desta edição reservados à Editora Labrador.

Coordenação editorial
Pamela Oliveira

Preparação de texto
Lívia Lisbôa

Assistência editorial
Larissa Robbi Ribeiro

Revisão
Iracy Borges

Projeto gráfico, capa e diagramação
Amanda Chagas

Imagens de capa
Elizabeth Lies (Unsplash)

Dados Internacionais de Catalogação na Publicação (CIP)
Jéssica de Oliveira Molinari - CRB-8/9852

Mello, Joaquim Cesário de
  A vida como um espanto : inventário de um existir humano / Joaquim Cesário de Mello. — São Paulo : Labrador, 2022.
  256 p.

ISBN 978-65-5625-220-9

1. Crônicas brasileiras 2. Reflexões I. Título

21-5709   CDD B869.8

Índice para catálogo sistemático:
1. Crônicas brasileiras

Editora Labrador
Diretor editorial: Daniel Pinsky
Rua Dr. José Elias, 520 — Alto da Lapa
São Paulo/SP — 05083-030
Telefone: +55 (11) 3641-7446
contato@editoralabrador.com.br
www.editoralabrador.com.br
facebook.com/editoralabrador
instagram.com/editoralabrador

A reprodução de qualquer parte desta obra é ilegal e configura uma apropriação indevida dos direitos intelectuais e patrimoniais do autor. A editora não é responsável pelo conteúdo deste livro. O autor conhece os fatos narrados, pelos quais é responsável, assim como se responsabiliza pelos juízos emitidos.

Ao amanhã depois de mim

*Em especial agradecimento
aos tios que me ajudaram
no início da vida adulta:*
**Raul e Cecé
Rualita e Edmir**

*Vemos o mundo uma única vez,
na infância.
O resto é memória.*
Louise Glück

*Perdi-me dentro de mim
Porque eu era labirinto,
E hoje, quando me sinto,
É com saudades de mim.
Passei pela minha vida
Um astro doido a sonhar.
Na ânsia de ultrapassar,
Nem dei pela minha vida...
Para mim é sempre ontem,
Não tenho amanhã nem hoje:
O tempo que aos outros foge
Cai sobre mim feito ontem.*
Mário de Sá-Carneiro

Sumário

13   apresentação
17   prelúdio

ensaios & artigos

25   a vida além do biológico
32   vida é tempo
39   a poesia em busca de seu poeta
41   os caminhos da vida
45   silêncio para ouvir o silêncio
49   somos todos Hamlet
51   a suave delicadeza das minhas inquietações
54   da precariedade da vida e outras finitudes
58   a sustentável leveza do ser
62   garimpeiros de amanhãs
66   escombros de uma eternidade arrancada
69   efeitos colaterais da busca da felicidade
72   a poesia que nos desnuda
74   meu inseparável melhor amigo
79   o hoje e o amanhã
82   uma ovelha desgarrada do rebanho
86   as erínias
89   adeus meninos

poemas

95   romaria dos desvalidos
96   por detrás dos vidros
97   dormez-vous
98   ave urbana
99   poema de amor ao contrário
100   as mangas de Santo Amaro
102   solitude inanimada
103   sonhos de curumim
105   nas horas undécimas
106   (des)encontros
108   santuário de ossos
110   no pós-amanhã de hoje, ou como dizia Pessoa
112   poemas irrevelados

113	a nudez das palavras	145	colored life
115	canção para uma sempre menina	146	teus joelhos
116	Helena	147	pelo buraco da fechadura
118	o tempo e a memória	148	ilusão de ótica
119	cemitério das nuvens	149	memória apagada
120	no céu de Ur	150	réquiem para um quase filho
121	299.792.458 m/s	152	... e a praia continuava lá
122	com amor, Joaquim	154	sintaxe
124	noturno nº 01	155	nostalgia da não saudade
126	puer aeternus	156	depois
128	apenas às sextas-feiras	157	dois meninos
129	o relógio que parou o tempo	158	enquanto leio Kerouac
130	poema para Camila	159	a menina da casa ao lado
131	casa de avó	161	immortalitas
132	to be or not to be	162	lembranças feitas de sal e mar
133	o homem sentado no escuro	163	pecora nera
134	o espiar do ontem	164	ao redor da mesa
136	tu	165	rosas de agosto
137	ciclos	167	aquele recuado beijo
138	em algum planeta no outro lado do universo	169	pequeno poeminha infantil
140	infância	170	guardador de carros
141	a arca das ilusões findas	171	da alma
143	Recife ancestral	173	outros tempos

prosas

- **177** sob a luz de setembro
- **179** hollywood dreams
- **180** a dona da praça
- **183** ao norte da mesa próxima
- **186** colóquio com a mãe
- **188** a árvore dos aguardamentos
- **190** o oposto dos dias
- **192** enquanto o outono não vem
- **194** o senhor da poeira e das sombras
- **197** a orfandade das fotos
- **198** o invisível amor da distância próxima
- **201** a primeira idade da última idade
- **203** o homem à margem da cidade
- **205** a senhora de todas as coisas
- **207** um inverno em pleno verão
- **210** o azul por detrás da noite
- **212** sob o brilho das estrelas mortas
- **214** o céu da memória
- **217** novembro
- **219** para além dos arredores de mim
- **221** a melancolia do escorpião
- **225** anjo roedor
- **227** fragrância de pai
- **229** quisera nascer mariposa
- **231** boa noite, mamãe
- **233** Maria não dorme mais aqui
- **237** ecco homo
- **239** de volta pra casa
- **241** quarto de tia
- **243** anonimato consentido
- **244** sob o véu da noite
- **247** domingo sincopado
- **251** nada
- **253** epílogo

apresentação

Este livro é escrito de forma multifacetada, como complexa, multiforme e multidimensional é a própria vida. Desenvolvido com características variadas e peculiares, busca descrever a experiência de viver e significar a vida por meio de várias perspectivas, âmbitos, prismas e olhares. Ciente de que o existir humano é múltiplo, heterogêneo e vário — haja vista cada pessoa ser alguém ímpar, sem par e inigualável —, o presente texto também assim se faz.

Existe a vida e existe o olhar sobre a vida. Embora as experiências individuais sejam particulares e singulares a cada sujeito, toda pessoa é, a todo momento, humana, e assim experimentará e vivenciará sua existência com todas as características e atributos humanos. Por mais próprio e individual que seja um olhar subjetivo, as histórias têm sempre algo de universal. Os dramas existenciais do homo sapiens são, sem exceção, textos humanos (mesmo que cada drama possua a característica dramática personalíssima de quem a vive); são histórias estrita e universalmente humanas.

Por isso, o autor se utiliza de vários recursos narrativos e gêneros literários, tais como poesia, crônica, conto, ensaio, artigo e prosa. São empregados enfoques e pontos de vista multíplices, tanto pelo eu lírico-narrador quanto pelos diversos personagens contemplados e momentos geracionais dessemelhantes. Seja em voz de primeira ou terceira pessoa, revela-se, em cada uma delas, a subjetividade humana por meio de suas impressões, sensações, percepções e afetos. Escrita em linguagem intimista, a obra tem muitas vezes uma espécie de diegese em forma mesclada de estilo acadêmico com o linguajar informal das ruas e a linguagem poética e intestinal do psiquismo humano. Surge, desse modo, um verdadeiro caleidoscópio de sentimentos, emoções, arrebatamentos, medos, incertezas, alegrias, tristezas, ilusões, desencantos, desamparos e solidões.

Trata-se de um livro corajoso, confessional e sincero em que o autor se arrisca ao expor, a partir das entranhas e vísceras anímicas, suas dores e enlevos, suas paixões e arroubos, suas comoções, seus dissabores, amores desejos, seus sonhos inconsumados, prazeres e agastamentos.

Embora o enfoque seja no existir humano, o personagem de fundo, na verdade, é o tempo — aqui não representado como grandeza física ou como reflexo da duração das coisas e sequenciamento de fatos e eventos, mas sim como substância intrínseca a constituir a natureza e essência humanas. A própria consciência da finitude e da presença inevitável da morte, no viver, lança-nos frente à vida com o misto paradoxal proveniente do antagonismo ambivalente entre a esperança e o medo.

Memória e sonho são intertextos que se cruzam constantemente no transcender do presente que nele se inserem, em um fluxo mesclado de lembranças, sentimentos, desejos, expectativas, imaginações, percepções e sensações.

Cada passagem e trecho são permeados por uma espécie de monólogo interior, mas que, de fato, resulta em um diálogo de várias vozes e olhares sobre as inúmeras vivências da condição humana, no qual passado, presente e futuro se intercambiam no plano subjetivo, tanto de devaneios e desencantos quanto de turbações e reminiscências. O mundo em que se vive é aqui, portanto, narrado de maneira expressionista, onde a vida se traduz como uma representação dela, sobre a sensibilidade receptiva e reverberante da alma humana.

Dividido em três seções (Ensaios & Artigos, Poemas e Prosas), os diversos textos e subtextos se distribuem e dialogam entre si, formando, assim, um colorido mosaico de uma mandala em que o ser humano é, em parte, protagonista de sua história e, ao mesmo tempo, parte integrante de um todo que compõe o contexto e o momento em que ele está inserido.

Velhice, apreensões, desassossegos, mortes, perdas, amores, desamores, sentimentos de abandono e de vazio, ilusões e desilusões, encontros e desencontros marcam o existir humano e seu espanto assombroso com a vida.

prelúdio

> *A vida só se compreende
> mediante um retorno ao passado,
> mas só se vive para diante.*
> **Kierkegaard**

"Foi por conta do espanto e do assombro que a humanidade começou a filosofar", afirmou Aristóteles. Admirar a natureza e a realidade ao redor de si — e como elas nos afetam subjetivamente — nos tirou da indiferença com que vivem os demais seres.

O ser humano não apenas vive, mas sente o viver pulsante dentro de si. Fomos dotados da faculdade de pensar a vida; por isso, geramos, concebemos e descobrimos a arte, a filosofia e a ciência. Não há nada mais humano do que a nossa capacidade de manifestar nosso intelecto, percepções, sensações, impressões e sentimentos por meio da literatura, da poesia, da música, da dança, da pintura, do teatro, da escultura e das demais expressões artísticas que revelam nosso pasmo e fascínio, nosso maravilhamento e surpresa, nossa perplexidade e estranheza com o mundo, a vivência e o existir.

O espanto é a origem do pensar o ali, fora de nós, com o aqui, dentro de nós. É através de nossa subjetividade que deixamos de ser indiferentes com a realidade em que estamos inseridos. Trata-se de um espanto admirativo, que não é sinônimo de deslumbramento ou de pura fascinação ou simples contemplação passiva. Pelo contrário, é uma admiração de estupefação e descoberta. É a vida se revelando no pulsar das nossas sensações e no correr sanguíneo dos sentimentos. É como ser arrebatado pela experiência do viver e seus assombramentos. É como se a vida em nós se sobressaltasse e se revelasse no desvelar do desassossegamento. É como, já disse o psiquiatra e psicanalista suíço Carl Jung, *quem olha para fora sonha, quem olha para dentro desperta.*

Por mais que uma pessoa seja longeva, ela jamais viverá a vida integralmente. Vive-se uma vida menor (nossa existência, nosso mundo) dentro de uma vida maior (o mundo e o universo inteiros). Cada um de nós é um pequenino microcosmo dentro de um enorme e incomensurável macrocosmo. A vida já existia antes de existirmos. E ela continuará existindo depois do nosso desaparecimento.

A vida, a vida mesma (vida maior), não está nem aí para nós. Esta vida é a natureza, a realidade, o universo, o cosmos. É ela que estava quando nela chegamos. É ela que ficará quando partirmos. É como descreveu o poeta Ferreira Gullar, por ocasião da morte da escritora Clarice Lispector:

> *Enquanto te enterravam no cemitério judeu*
> *de São Francisco Xavier*
> *(e o clarão de teu olhar soterrado*
> *resistindo ainda)*
> *o táxi corria comigo à borda da Lagoa*
> *na direção de Botafogo*
> *as pedras e as nuvens e as árvores*
> *no vento*
> *mostravam alegremente*
> *que não dependem de nós.*

A vida é uma paisagem. Nós é que somos passageiros nessa paisagem. Ela não é nem veloz nem efêmera. Nós é que somos repentinos, transeuntes e morredouros. Nossa vida é um breve espaço que percorremos entre o nascimento e a morte. Embora a vida maior um dia tivesse algum início, bem como um dia possa vir a deixar de existir, nós é que somos uma ínfima existência dentro de um ambiente e espaço que é desproporcionalmente imenso e incalculavelmente maior que nós e a nossa vida existencial.

Está vivo quem vivo está. Em outras palavras, já temos a existência, falta-nos a vivência de tal existência. Como estamos vivendo o estar vivo? Como percebemos e experienciamos o nosso existir? Já somos um acontecimento, um sobrevir. E agora, como nos definimos e nos concebemos? O que somos? Quem somos? Em que estamos nos transformando e nos tornando? Como sentimos a vida e a nossa passagem nela? *De onde vim, quem sou e para onde vou?*

Ninguém nasce pronto e acabado. Nossas experiências, vivências e escolhas, bem como nossos sofrimentos, gozos e pensamentos, vão dando morfologia ao que antes era nada, ou quase nada; apenas um potencial vir a ser, uma promessa, um sonho e um desejo de outros. É a partir tanto do nosso corpo e da nossa herança genética em contato com o ambiente externo físico e sociocultural que fomos formando aos poucos nossa personalidade, nosso sujeito e a pessoa que cada um de nós, individualmente, é.

A vida não é bela ou feia. Quem vê beleza ou feiura é o olhar de quem olha a vida. Nem também é cruel ou benevolente, pois ela é indiferente e alheia ao nosso sofrimento, tristeza, alegria ou contentamento. *A vida* – como já expressou William Shakespeare – *é uma história contada por um idiota, cheia de som e de fúria, sem nenhum sentido.* Cabe-nos, a cada um de nós, dar sentido à vida, assim como entendemos o mundo de maneira fenomênica, isto é, a partir de como a realidade se apresenta à nossa consciência. Desse modo, existe o mundo concreto em que se vive, bem como o mundo que vivenciamos – e como ele se realiza ao sujeito humano.

Não há um ser humano idêntico a outro. Cada pessoa é singular, particular e única. Ainda assim, todo indivíduo humano é sempre um ser humano, isto é, todos vivemos a vida de maneira humana e com os sentimentos, emoções, fantasias, desejos, sonhos, sofrimentos, prazeres e imaginação humanos. O que nos diferencia é a maneira como vivenciamos isso. Embora cada história humana seja ímpar e tenha, em si, as características pessoais do indivíduo e seu contexto, as histórias humanas, dramas e comédias são, de certa forma, semelhantes — porque todas são humanais. O drama de um amor rejeitado, traído ou perdido de José, João ou Maria — por exemplo — não deixa de ser o drama humano de amar e ser rejeitado, traído ou perdido. A dor de um amor malogrado é sempre a dor de um amor malogrado. A maneira como José, João ou Maria passam por isso, como cada um maneja, suporta e supera; bem como o modo como elabora os sentimentos, pensa, reage e age, é que podem ser distintos e dessemelhantes.

A vida, a vida humana, é impregnada e cheia de altos e baixos, conflitos e divergências, intercorrências e intermitências, ganhos e perdas, alegrias e tristezas, sabores e dessabores, prazeres e desprazeres, gozos e frustrações. Vivemos e experimentamos momentos de raivas, contentamentos, mágoas, medos, abatimentos, exultações, aflições, triunfos, derrotas, regozijos, deleites, pesares, amores, ciúmes, paixões, invejas, satisfações e padecimentos. Isso é a vida. Isso é o existir na existência. E pensar (e saber) que tudo por que passamos (e/ou deixamos de passar) um dia acaba, desaparece, se encerra e morre. Ou, como afirmava Santo Agostinho, *a vida terrena é uma vida morredoura ou uma morte vindoura.*

A infância é feita para acabar. E temos lembrança de seu término depois que ela termina e se distancia cada vez mais de nós, ao longo da vida que se vive. E jamais a esquecemos, mesmo quando não estamos pensando ou lembrando dela. Envelhecemos e sabemos que envelhecemos. Iremos morrer e temos ciência disso. Tememos a morte e seus desconhecidos, exatamente porque temos consciência de nossa própria e inevitável finitude. Se não bastasse sermos homo sapiens (primata/homem que sabe), somos *Homo sapiens sapiens* (primata/homem que sabe que sabe). E, se temos deleites com isso, também pagamos um elevado preço por isso.

Termos ciência da vida nos surpreende tanto quanto nos assombra termos ciência de nossa fragilidade e finitude.

O espanto, a estranheza e o maravilhamento nos impulsionam a pensar e ruminar sobre com o quê nos deparamos e sobre o que sentimos. E pensar, aqui, não é sinônimo de refletir com o cérebro sobre os fenômenos da existência, mas sim colocar os sentidos e a intuição a serviço de entreouvir o latejar da vida dentro e fora de nós.

A vida, portanto, só pode ser espanto e assombro, maravilhamento e sobressalto, fascínio e perplexidade porque existimos, isto é, existe o ser humano para admirá-la e se espantar com ela.

Trago dentro do meu coração,
Como num cofre que se não pode fechar de cheio,
Todos os lugares onde estive,
Todos os portos a que cheguei,
Todas as paisagens que vi através de janelas ou vigias,
Ou de tombadilhos, sonhando,
E tudo isso, que é tanto, é pouco para o que eu quero.

Fernando Pessoa

ensaios & artigos

a vida além do biológico

Em latim, vida é *vita*. Em grego, *biós* exprime a noção de vida, mas também existe o termo *zoe*, que significa viver.

É comum se dizer que a vida é o espaço temporal entre nascimento e morte, o que não é exatamente preciso do ponto de vista orgânico, haja vista que, antes de nascermos à vida extrauterina, existe uma vida intrauterina. Seja como for, pode-se entender a vida como um período de existência de um ser.

Toda matéria viva tem vida. Toda matéria viva um dia teve início e um dia terá fim. É nesse intervalo da existência que habita cada ser vivo a vida que lhe cabe na vida maior, que é a existência do mundo e do universo. A vida individual se desenrola em meio à vida da natureza que lhe deu e lhe dá as condições de poder viver.

Cada ser vivente vive em um pequeno espaço vivencial. Porém, a vida é muito maior e mais ampla do que o território existencial de cada indivíduo. Até mesmo dentro do campo de vida de um ser humano somos incapazes de perceber toda a vida que há nele, como, por exemplo, os micróbios, as bactérias, os microrganismos e toda a fauna de seres unicelulares que nos cerca e nos habita. A mais individualizada das vidas é biodiversificada.

Mas não vamos aqui nos estender e aprofundar em tais minúcias biológicas e/ou cósmicas. Foquemos nossa atenção à vida que nós, correntemente, chamamos de vida. Em outras palavras, ressaltemos a vida do eu ou da pessoa que vive em cada corpo humano, que a sente fluir e que transita pela vida dos outros e pelo ambiente físico.

Cada indivíduo humano tem um tempo de vida que é o tempo da sua existência pessoal. Assim, quando cada pessoa morre, morre com ela sua vida. Ou seja, sua vida termina quando ela acaba. Ninguém é imortal. Embora, ano a ano, a humanidade esteja ampliando sua longevidade (atualmente a média está em torno de 79 anos), embora existam pessoas que vivem acima dos cem anos – segundo o *Guinness Book*, o Livro dos Recordes, o humano mais velho do mundo é a japonesa Kane Tanaka, que completou 119 anos de vida, em janeiro de 2022. Segundo o mesmo *Guinness*, o recorde mundial até então é da francesa Jeanne Calment, que morreu em 1997 com 122 anos e 164 dias.

O que mais importa não é quanto tempo de calendário ou de relógio vivemos, mas sim a qualidade com que se vive a vida. Temos, como sabemos, a vida biológica. Temos, como sabemos, a vida biográfica, isto é, a história da vida de cada ser humano. A vida biográfica se faz dentro da vida biológica, ao mesmo tempo que, psicologicamente, a transcende. Uma hora de vida biológica, por exemplo, não é igual a uma hora de vida psicológica, porque ela se desenrola em meio a imaginações, sonhos, desejos, lembranças e sentimentos. Enquanto a vida material (biológica) está vinculada a um espaço físico, a vida mental pode nos levar para qualquer lugar, até a lugares inexistentes.

Para o filósofo grego da Antiguidade Aristóteles (384 a.C. – 322 a.C.), tudo que está vivo possui alma. Em seu tratado sobre o assunto, *De Anima*[1], existem os seres animados e inanimados (*anima*, em latim, significa alma, princípio vital de todo ser vivo). Ele nos convida a pensar sobre a alma de maneira tripartite, isto é, com três funções: vegetativa (nutrição, crescimento, reprodução), sensitiva (olfato, paladar, visão, audição, tato) e intelectiva (pensamento e consciência da própria existência). Desse modo, o caráter puramente vegetativo da alma pertence à ecologia (árvores, plantas, vegetais), enquanto a alma sensitiva pertence aos animais em geral. Já a alma intelectiva somente compete ao homem, haja vista que, embora também animal, possui ainda sua qualidade e sua natureza *sapiens*. Para o filósofo, a alma intelectiva é metafísica,

---

1   ARISTÓTELES. *Da alma*. Bauru/SP: Edipro, 2011.

pois transcende os limites do corpo e da carne. O ser humano é o único ser vivente conhecido que possui o caráter das três almas, pois tanto se nutre, cresce e se reproduz, quanto tem sensações e impressões, e pensa sobre elas. *Cogito, ergo sum*[2].

Chaiyah é a palavra em hebraico que corresponde ao termo vida. *Chaiyah* significa vida física, isto é, está relacionada ao corpo, à biologia. Trata-se da vida mundana, ou seja, a vida vivida enquanto existência corpórea. Nesse sentido, *chaiyah* não apenas quer dizer o existir, mas também o modo como se existe e como se vive.

Já em latim, *anima* é sopro, ar, alma. A alma anima o corpo, ou seja, um corpo sem alma é um corpo inanimado, sem vida. A vida, portanto, é o princípio vital dos organismos viventes. Aquele que respira é aquele que está vivo. Vem daí, por conseguinte, a etimologia da palavra animal. E se o ser humano é, por natureza, um animal racional, ele é um ser vivo pensante.

Vivemos porque estamos biologicamente vivos. Porém, pensamos; e, porque pensamos, reconhecemos a vida e refletimos sobre ela. Não existe outro ser vivente na Terra que pondere, raciocine ou medite sobre sua própria existência. Tal qualidade somente ao homem pertence. Por isso ele é um animal que busca entender o sentido da vida. E, talvez por isso mesmo, também, ele seja o único ser que busque a felicidade.

Pelo acima exposto, para nós, humanos, não nos é suficiente estarmos presentes, fisicamente, na vida. Necessitamos dar sentido à nossa passagem por ela, assim como igualmente desejamos ser felizes, enquanto vivos estivermos.

Lato sensu, a vida já existia antes de qualquer um de nós, individualmente, nascer; bem como a vida continuará existindo quando qualquer um de nós, individualmente, morrer. A vida de um indivíduo é sua vida singular, particular, pessoal e própria. Em relação

---

2   René Descartes (1596 – 1650).

à vida maior, é uma vida restrita e transitória. A brevidade da vida pessoal e a consciência de sua limitação e finitude, lembremos, pode atormentar o homem, pois ele percebe que sua vida está atrelada à inevitabilidade de seu desaparecimento.

A vida psíquica, a vida pessoal e subjetiva, faz-se no interior da vida biológica. É dentro e através do corpo que se forma a pessoa, o sujeito, a personalidade e o indivíduo que cada um é. A alma — em sentido grego (*psykhé*), não em sentido espiritual e/ou religioso — não é eterna nem separada do corpo, pois alma é psiquê e é através dela (porque nossa psiquê é *sapiens*) que temos ciência de nossa presença na vida universal maior, bem como de nossa breve transitoriedade, limitação e termo. Sim, a vida, enquanto existência física, é finita — e agora, o que faremos com ela?

Embora a psiquê esteja atrelada indissociavelmente ao organismo biológico, ela o transcende psicologicamente, isto é, podemos até nos imaginar além dele. Isso ocorre porque, como já dizia o dramaturgo inglês William Shakespeare (1564 – 1616), *somos feitos da mesma matéria de que são feitos nossos sonhos*[3]. Podemos sonhar a eternidade, assim como sonhar sermos outra pessoa. Podemos sonhar flutuando sozinhos no espaço. Podemos sonhar qualquer coisa, até o que inexiste. É como no filme canadense *Léolo*[4] (1992), em que o personagem principal sempre diz: *porque sonho, eu não sou*.

Na peça teatral do dramaturgo e poeta espanhol Calderón de la Barca (1600 – 1681) *A vida é sonho*[5], o protagonista Segismundo afirma que *viver não é mais que sonhar*. E continua: *que é a vida?: um frenesi. Que é a vida?: uma ilusão, uma sombra, uma ficção; e o maior bem é bisonho, que toda a vida é sonho, e os sonhos, sonhos são.* Nesse sentido, quem sonha escreve e interpreta sua vida. E, assim, podemos vivê-la como drama trágico ou como comédia.

---

3   SHAKESPEARE, William. *A Tempestade*. São Paulo: FTD, 2009.
4   Filme de Jean-Claude Lauzon.
5   CALDERÓN DE LA BARCA. *A vida é sonho*. São Paulo: Editora Hedra, 2007.

O ser humano, na verdade, transita sua existência entre o onírico e o desperto, entre o sonho e a vigília. Ambos os estados muitas vezes se confundem e se mesclam. O escritor argentino Jorge Luis Borges (1899 – 1986) cita o poeta austríaco Walther von der Vogelweide (1170 – 1230), que se perguntou: *sonhei minha vida, ou é verdade?*[6] Borges chega também a afirmar que temos duas imaginações: a de que os sonhos fazem parte da vigília e a de que toda vigília é parte de um sonho[7].

Outros animais também sonham, como já intuía o naturalista e biólogo inglês Charles Darwin (1809 – 1882) em *A Origem do Homem*[8]. Para ele, cachorro, gatos, cavalos e até as aves sonham, e dizia: *devemos admitir que eles têm algum poder de imaginação*. Todavia, nenhum outro ser vivente tem a capacidade psíquica imaginativa que tem o animal homem. Nossa imaginação é ilimitada, pois o psiquismo humano não se atém somente ao presente e ao vivido. Representamos objetos em sua ausência, assim como em fantasias podemos conceber coisas que não existem e até criar o impossível. Nossa imaginação não é somente sensível e sensorial, mas, principalmente, criativa, inventiva e idealizadora. O poeta inglês William Blake (1757 – 1827), inclusive, chegou a afirmar que *a imaginação não é um estado: é a própria existência humana*[9].

Subjetividades à parte (isso é uma figura de linguagem, afinal a subjetividade e a objetividade são inseparáveis no que tange ao ser humano), o que é a vida além do biológico?

Segundo a Organização Mundial da Saúde (OMS), a vida humana não se resume à quantidade de tempo que se vive, mas à qualidade desse tempo. Para a OMS, a qualidade de vida é a percepção do indivíduo de sua inserção na vida. Isso inclui tanto sua cultura e sistema

---

6   BORGES, Jorge Luis. *Borges Oral & Sete Noites*, São Paulo: Companhia das Letras, 2017.
7   Op. Cit.
8   DARWIN, Charles. *A Origem do homem: e a seleção sexual*. São Paulo: Hemus, 1974.
9   *Apud* BACHELARD, Gaston. *O ar e os sonhos*. Lisboa: Edições 70, 1990.

de valores quanto suas expectativas, padrões e preocupações. Nesse sentido, vida abrange os aspectos físicos, psicológicos, emocionais e espirituais de uma dada pessoa, incluindo seus relacionamentos sociais e afetivos, bem como sua educação, saúde, trabalho, lazer, habitação, saneamento e demais circunstâncias de vida.

A vida tem múltiplos significados, pois pode ser compreendida de várias maneiras e ângulos. O filósofo grego Platão (427 a.C. – 347 a.C.), por exemplo, dizia que a vida tinha início quando um indivíduo estava formado e pronto para nascer, enquanto para Pitágoras (582 a.C. – 497 a.C.), filósofo, matemático, também grego, ela seria como uma sala de espetáculo onde entramos, assistimos e saímos. Nas antigas escrituras indianas, que datam de cerca de cinco mil anos atrás, a vida é uma energia vital cósmica chamada *prana*, que permeia todo o universo e que se absorve no ar que respiramos. Já o filósofo francês Voltaire (1694 – 1778) imaginava a vida como uma criança e que é preciso embalá-la até que adormeça. Por sua vez, o religioso e pensador português Padre António Vieira (1608 – 1697) definia a vida como uma embarcação onde navegamos, impulsionados pelo vento chamado tempo.

Para melhor compreender o que é viver a vida humana, faz-se necessário irmos além da pura existência física. O ser humano não somente respira, bebe, come e dorme durante sua vida. Nós a vivemos cada um a seu jeito, maneira e conduta. Cada ser humano vivo, portanto, tem seu modo de viver a vida. O modo de viver engloba práticas cotidianas, convivência familiar e social, trabalho, consumo, lazer, cultura, valores e princípios.

Estar vivo é uma coisa. Viver é outra. Quem respira e tem o coração batendo, por exemplo, está vivo. Todavia isso não é sinônimo de que tal indivíduo saiba viver bem a vida que tem. Não somos apenas um conjunto de sistemas químicos de proteínas e ácidos nucleicos que efetuam processos metabólicos. Habita, em nosso organismo, uma pessoa que tem relações com o mundo externo e consigo própria. A existência dessa pessoa no interior de seu corpo determina a substancialidade do ser humano que se é. Substantivamente, todos somos seres humanos. Adjetivamente, cada ser humano é único, singular, ímpar. Em outras palavras, um ser humano é um ser humano; porém, cada ser humano tem suas particularidades e é diferente dos demais. Assim como as digitais não são idênticas de indivíduo para indivíduo, a pessoa que se assenta no ser humano que somos também é díspar. Podemos ter algumas ou muitas características pessoais similares a outras pessoas, porém uma pessoa não é um espelho ou uma cópia fiel da outra. Somos diferentes como indivíduos, embora semelhantes. E somos semelhantes porque somos seres humanos.

A nossa vida é uma incerteza.
Um cego que revoluteia no vazio
em busca de um mundo melhor
cuja existência é apenas uma suposição.

Virginia Woolf

vida é tempo

> *Os dias talvez sejam iguais para um relógio,
> mas não para um homem.*
> **Marcel Proust**

Julio Cortázar (1914 – 1984), no conto *Regresso da noite*[10], relata que um personagem, ao acordar, se depara com seu corpo morto na cama e se indaga: *teria o tempo morrido no interior de meu cadáver?* Mais adiante, afirma que a *vida é o tempo*. E é fato: tudo que está vivo tem um tempo de vida. Inclusive as civilizações, os impérios e os povos que um dia surgem, crescem, decrescem e desaparecem, como, por exemplo, os maias, os astecas, os celtas, os incas e os vikings. Até as estrelas um dia desaquecem e morrem.

O ser humano é o animal que percebe a existência do tempo e que sua vida tem finitude. Observando a natureza e seus ciclos e estações, o homem criou o sistema de marcação do tempo. Historicamente, os babilônios e os sumérios foram os primeiros a marcarem a passagem do tempo. Os sumérios elaboraram um calendário de doze meses, cada um com trinta dias, e cada dia era dividido em doze períodos proporcionais a duas horas que, por sua vez, eram divididos em trinta partes de aproximadamente quatro minutos. Já os babilônios inventaram o relógio do sol.

Sinalizamos o passar temporal e, assim, o tempo do existir das coisas vivas. Quantificamos o antes inquantificável, isto é, numeramos a brevidade da vida.

Vivemos um mundo físico com dimensões espaçotemporais. Segundo a teologia cristã, Deus, ao criar o céu e a terra, criou o

---

10 CORTÁZAR, Julio. *Todos os contos*, v. 1. São Paulo: Companhia das Letras, 2021.

tempo. Não o tempo da eternidade, pois, ao humano, a eternidade inexiste enquanto matéria e carne; somos transitórios e finitos. Cabe-nos viver o tempo de vida em que existimos neste mundo e universo, com suas agruras, vicissitudes, adversidades, acasos e perenidades.

Embora sejamos capazes de metrar o tempo em anos, meses, semanas, dias, horas, minutos e segundos, nossa vivência subjetiva do tempo não é métrica nem mensurável. Interiormente, nossa noção de tempo vagueia ziguezagueante entre o ontem, o hoje e amanhã; entre memória, sensação e sonho. Santo Agostinho (354 d.C. – 430 d.C.) sustentava que, tanto o passado como o futuro não existem, mas apenas o presente em que o sujeito se encontra e está. É no presente que se vive o presente. É no presente que se recorda o passado. É no presente que nós nos projetamos no futuro. No íntimo do espírito humano se conservam as três facetas temporais, que o pensador e teólogo subdividiu em *presente das coisas passadas*, *presente das coisas presentes* e *presente das coisas futuras*. Assim redigiu Agostinho:

> *Chamamos "longo" ao tempo passado, se é anterior ao presente, por exemplo, cem anos. Do mesmo modo dizemos que o tempo futuro é "longo", se é posterior ao presente, também cem anos. Chamamos "breve" ao passado, se dizemos, por exemplo "há dez dias"; e ao futuro, se dizemos "daqui a dez dias". Mas como pode ser breve ou longo o que não existe? Com efeito, o passado já não existe e o futuro ainda não existe. Não digamos: "é longo", mas digamos do passado: "foi longo"; e do futuro: "será longo"*[11].

---

11   SANTO AGOSTINHO. *As confissões*. Porto: Livraria Apostolado da Imprensa, 1981.

Pelo exposto anteriormente, podemos entender que o tempo é simultaneamente uma qualidade do mundo físico-objetivo e seus movimentos, e um fenômeno abstrato, subjetivo e psicológico. Estamos, portanto, vivendo o tempo inteiro entre *o não mais e o ainda não*.

Tudo flui e nada permanece, constatou Heráclito (540 a.C. – 470 a.C.). Mas será que o tempo flui ou são as coisas existentes que fluem? Sob a perspectiva humana, temos um percebimento de que os anos, os dias e as horas passam. Contudo, os anos continuarão (mudarão só de numeração), bem como os dias e as horas (apenas se repetirão). Quem passa mesmo somos nós que um dia nascemos, crescemos, envelhecemos e morremos.

O tempo subjetivo não é o tempo matemático, que é um tempo especializado. Psicologicamente não somos apenas uma sucessão de eventos, mas uma coexistência múltipla de acontecimentos que dialogam e se misturam entre si. Em sua gênese da ideia do tempo, Henri Bergson[12] (1859 – 1941) destaca que a única dimensão subjetiva do tempo que não passa é o passado, visto que o presente está sempre passando e o futuro quando chega deixou de existir, tornando-se presente que, por sua vez, também passa. O passado é o tempo que carregamos pela vida inteira.

Para Freud (1856 – 1939), no interior mais interno e oculto da mente humana – que ele denominou de inconsciente – não há passagem do tempo, isto é, não existe registro temporal sequencial e linear. No inconsciente, o tempo é um tempo misturado. Passado-presente são amalgamados. O após parece inexistir: *vive-se o eterno retorno do mesmo*. Caso não ressignifiquemos a nossa história, estamos fadados a repeti-la. Temos, destarte, o tempo que passa (cronológico/linear) e o tempo que não passa (subjetivo/psicológico).

---

12 BERGSON, Henri. *Matéria e memória*. São Paulo: Martins Fontes, 2010.

Individualmente, o tempo mental é um tempo peneirado pelas experiências e vivências de cada sujeito. É um tempo cuja duração tanto pode ser sentida como eterna, como curta ou longa, dependendo da subjetividade, do humor e do momento ou da circunstância. Esse é um tempo que não é igual entre as pessoas. É um tempo que se narra com memórias, lembranças, sentimentos, desejos, sonhos, ilusões e desilusões. Se trinta minutos são sempre trinta minutos para todos, esses trinta minutos podem ser um tempo alargado ou rápido, variando de sujeito para sujeito.

O tempo psicológico é ignorante de relógios e analfabeto de calendários. Ele é intrinsecamente o tempo individual, um tempo interno, o tempo da memória e das lembranças, um tempo embaçado, devaneado e fantasioso. Trata-se de uma temporalidade filtrada de vivências subjetivas, e não poucas vezes repleta de texturas pungentes e dramáticas.

Quanto tempo tem o tempo? Qual a sua durabilidade? Pelo ponto de vista da física clássica, o tempo é uma grandeza que possibilita medir a duração das coisas mutáveis. Todavia, para Einstein (1879 – 1955), o tempo não é singular, no sentido sequencial de passado-presente-futuro (uma coisa só acontece uma única vez), mas sim uma fluência ilimitada de movimentos e alterações. A ideia de passado, presente e futuro, pois, é uma ilusão mental humana.

Os sentidos humanos nos enganam, ao nos iludir, por enxergar muitas vezes as coisas como imóveis, estáveis e perenes. Não são. Tudo que é vivo se move, tudo se transforma, tudo passa. O existir é constituído de mutabilidades e instabilidades. O mover-se no mundo é um caminhar em terreno movediço, enquanto o dia se tornará noite e a noite se tornará dia novamente. Porém, o dia de ontem não é igual ao dia de hoje, nem o dia de hoje será idêntico ao de amanhã — exceto, talvez, para o sol, a lua, os planetas e os outros astros.

É na mudança que as coisas acham repouso, isto é, tudo muda, exceto a própria mudança. Nada do que é será para sempre, nem o para sempre é para sempre continuamente. Até na física contemporânea se discute a finitude do universo que se iniciou em uma explosão cósmica chamada "Big Bang" (fenômeno este que teve origem estimativamente há cerca de 13,5 bilhões de anos), embora também haja aqueles que creem que o universo seja infinito e esteja se expandindo sem limites no tempo e no espaço. Físicas à parte, aqui no planeta Terra a vida das coisas e dos seres, individualmente falando, tem lá seu início e tem lá seu término. A vida, qualquer vida, é frágil e breve, algumas podem durar mais e outras menos. A morte nos ensina a transitoriedade de todas as coisas, escreveu Leo Buscaglia (1924 – 1998).

Nós, humanos, vivemos um dilema, um conflito: queremos ser permanentes enquanto somos transitórios. Muitos sofrem pela caducidade da vida e da beleza de certas coisas. O desejo da eternidade ou da infinitude parece querer impor seus anseios. Porém, Freud também nos ensinou que a permanência, ou a duração absoluta, não é condição para apreciar e usufruir a essência, o valor e o significado subjetivo da vida. A limitação da fruição, afirmou Freud, eleva o valor dessa fruição, como ao dizer que *uma flor que dura apenas uma noite nem por isso nos parece menos bela*.

A exigência de imortalidade, ambição da alma humana, não consegue se sobrepor às exigências da realidade. Embora não queiramos, a cada dia esvanecemos um pouco, até o derradeiro dia em que não mais poderemos nos encantar com o belo que nos cerca e transita na transitoriedade de nossas vidas. A descoberta da nossa própria efemeridade e da fragilidade fugaz do mundo humaniza ainda mais o humano que nos habita. Ou, como afirmou Montaigne (1533 – 1592), *quem ensinasse os homens a morrer, os ensinaria a viver*.

Sofre o homem de impermanências. Desde a Antiguidade nos debruçamos sobre esse tema (permanência × transitoriedade). Em cartas dirigidas a Paulino, por exemplo, dissertou Sêneca (4 d.C. – 65 d.C.)[13]:

> *A maior parte dos mortais queixa-se da malevolência da Natureza, porque estamos destinados a um momento da eternidade, e, segundo eles, o espaço de tempo que nos foi dado corre tão veloz e rápido, de forma que, à exceção de muito poucos, a vida abandonaria a todos em meio aos preparativos mesmos para a vida. Porém, rebateu o filósofo: não recebemos uma vida breve, mas a fazemos, nem somos dela carentes, mas esbanjadores... a vida, se souberes utilizá-la, é longa.*

O filósofo estoico Sêneca nos clareou que uma vida longa e uma vida curta se diferenciam não pelo tempo que a vivemos, mas pelas decisões que nela tomamos e pela sabedoria com que a desfrutamos. Esquecemos das coisas simples, ao nos cegarmos pelo brilho indiferente das estrelas.

Negando a impermanência e as variabilidades da vida nos apegamos. Acreditamos até quando passamos por um momento ruim e adverso no prolongamento e na durabilidade do instante. O fim, o término, a morte e o passageiro nos convidam, pois, a aproveitar a vida e seus instantes. Afinal, como falou José Saramago (1922 – 2010), *a finitude é o destino de tudo*.

O poeta romano Horácio (65 a.C. – 8 a.C.), em suas *Odes*[14], declamou *carpe diem quam minimum credula postero* (desfrute/colha o dia e confia o mínimo no amanhã). Mas não confundamos "colher o dia" com gozar o dia no sentido hedonista do termo. O epicurismo defendido por Horácio salientava que a beleza e a vida são perecí-

---

13 SÊNECA. *Sobre a brevidade da vida*. Porto Alegre: L&PM, 2006.
14 HORÁCIO. *Odes e Epodos*. São Paulo: Martins Fontes, 2003.

veis, e que devemos viver o hoje sem grandes preocupações com o amanhã e, assim, não se deve desperdiçar o agora, mas aproveitá--lo. Podemos ver embutido igualmente o seguinte significado: não gastemos tempo com coisas insignificantes, inúteis ou sem sentido. Saborear o presente não representa viver intensamente como se não houvesse amanhã. Se o futuro depende daquilo que fazemos no presente, como dizia Gandhi (1869 – 1948), *temos que roubar do agora vivido o que pudermos levar para o porvir.*

Portanto, cuidemos de nossas vidas como quem cuida de um jardim. É no nosso não-futuro que reside a felicidade que devemos saber tirar das pequenas coisas, afinal, como alegava Schopenhauer (1788 – 1860), é no aqui-agora que repousa exclusivamente a nossa existência

> *De que são feitos os dias?*
> *– De pequenos desejos,*
> *vagarosas saudades,*
> *silenciosas lembranças.*
>
> **Cecília Meireles**

a poesia em busca de seu poeta

> *Se as coisas são inatingíveis... ora!*
> *Não é motivo para não querê-las...*
> *Que tristes os caminhos, se não fora*
> *A presença distante das estrelas!*
> **Mário Quintana**

Os artistas são as antenas da raça, já disse o estadunidense Ezra Pound (1885 – 1972), um dos mais influentes poetas do século XX. Porém, não precisamos ser artistas, no sentido estrito do termo, ou poetas para entendermos que aproveitar a vida é vivê-la em pura arte e poesia.

A vida é bela, comovente e impressionante, mas também é assustadora, repentina e imponderável. É impreterível permitir-se ser despertado por ela. Quanto mais nos possibilitamos abrir nossa subjetividade ao existir na vida, mais podemos, dela, sorver sua essência e substância. Afinal, do que é feita, mesmo, a vida, senão de um amontoado de acasos, atitudes, escolhas, concatenações e desencadeamentos? Não busquemos, da vida, sua lógica, mas sim os encantos e deslumbramentos. *A vida é para nós* — escreveu Fernando Pessoa — *o que concebemos dela*. Sim, cada um de nós não deixa de ser o inventor de sua vida.

A vida nos mexe, sacode, desassossega. Bem nos alertou Henry Miller (1891 – 1980), quando enunciou que *ninguém avança pela vida em linha reta*. Transitamo-la em vielas e veredas, altos e baixos, por meio de sinuoso ziguezaguear, através de itinerários não escritos e roteiros indefinidos. Viver é aturdir-se e se surpreender. Impossível existirmos enquanto humanos e não nos abismarmos com a vida e seus interiores.

Figurativamente se diz que os olhos são a janela da alma. Sim, olhamos a vida que vivemos e nela estamos, mas não somente com os olhos do rosto, e sim com a visão dos sentidos. A experiência sensorial e seus desdobramentos possuem o poder de elevar a beleza e a alegria de viver. Sabemos que estamos humanamente vivos porque sentimos e, sentindo, concebemo-nos existindo.

Ver, ouvir, saborear, cheirar e sentir a textura e a temperatura das coisas e do instante é como desfrutar da poesia que nos brota frente à vida, fazendo, de nós, poetas de nossas próprias emoções, sentimentos e sensações. Transcende-se, assim, ao concreto do momento e se descobre a maravilha e o fascínio de se estar presentemente sendo.

O mundo encoberto de nuvens e de céu é uma imensa poesia com poemas e versos a serem descobertos. Olhar a vida com olhos sensíveis de poeta é descortinar-se ao belo e ao feio, ao soturno e ao alegre, ao quântico e ao físico, com o mesmo espanto e susto de uma criança frente ao infinito. É avistar de perto o que estava longe. É recriar todo o universo.

Uma vida vivida sem poesia não é uma vida, mas uma sobrevida. É passar por ela desperdiçando a semente que os deuses – os ainda vivos e os mortos – colocaram em nós: o óvulo maduro do feitiço e da magia.

Ou, como disse o poeta Paulo Leminski:

Não discuto
com o destino
o que pintar
eu assino

os caminhos da vida

Quantos quilômetros tem o caminho de uma vida inteira? Isso é incomensurável. Inumerável. Imponderável. Tudo isso pelo simples fato de que a estrada da vida não se mede por quilômetros ou metros, sequer centímetros. Se assim fosse, poderíamos viver mais de quatrocentos anos e ainda haveria o que caminhar. A trilha pela qual andamos, no curto espaço da eternidade que nos é reservado, só tem seu final ao término de nossa existência. Acaso vivêssemos mais um dia, mais um dia teríamos para andar. O caminho da vida não existe, o que existe é a vida que se vive, do início até seu fim. Trata-se de uma alegoria, de uma metáfora. Ou, como versa o poeta espanhol Antonio Machado, *caminhante, não há caminho/ faz-se o caminho ao andar*.

Prossigamos, pois, com o simbolismo de que a vida é uma estrada e que, por ela, caminhamos. Somos seres vagueantes a perambular pelo mundo, vasto mundo. São tantos os caminhos do mundo, e nenhum sabemos de antemão ou de cor. A jornada é ida, e é longe e distante, muito longe e distante, e nem sabemos até onde podemos chegar. Todos os caminhos nos servem — escreve o poeta português Francisco Namora — *em todos serei o ébrio/ cabeceando nas esquinas [...] que uma onda vos misture/ e vos leve a morrer/ numa praia ignorada. É pra lá que vamos: pra'algum lugar*.

"Qual caminho devo seguir", pergunta Alice. "Depende de onde você quer chegar", diz o gato. "Tanto faz, para onde quer que seja", afirma Alice. E o gato retruca: "Então, tanto faz o caminho que você seguir". E Alice complementa: "contanto que eu chegue em algum lugar". "Ah, então certamente você chegará lá se você continuar andando bastante", responde o gato. Esta é uma breve passagem do diálogo entre Alice e o gato de Cheshire, em *Alice no País das Maravilhas*, de Lewis Carroll. O gato está certo; afinal, não basta apenas seguir; é necessário saber aonde queremos chegar pois, senão, qualquer caminho serve, qualquer caminho dá em qualquer lugar.

No início, o indivíduo homem não é nada, ou melhor, não é definível ainda. Só mais adiante, só depois — como prega o existencialismo sartreano — é que ele será alguma coisa, como a si próprio se fizer. A existência precede a essência, isto é, o que vem primeiro é o existir e o estar vivo; posteriormente, cada ser humano constrói a estrutura de quem ele é. A escolha e a responsabilidade por suas escolhas, diz o existencialismo filosófico, é inerente à condição humana. Em outras palavras: *o homem inventa o homem*.

Mas podemos, mesmo, escolher a vida que queremos ter? Podemos decidir quem seremos? Elegemos livremente o caminho por onde trilharemos o andar de nossas vidas? *Ser é escolher-se*, afirma Jean-Paul Sartre. Todavia também nos lembra o filósofo Ortega y Gasset que somos o que somos, mas igualmente somos a nossa circunstância. Circunstância e decisão são dois elementos fundamentais de que se compõe a vida humana, e o mesmo Gasset reconhece que é *falso dizer que na vida decidem as circunstâncias. Pelo contrário: as circunstâncias são o dilema sempre novo, ante o qual temos de nos decidir. Mas quem decide é o nosso caráter.* Leitura inversa tem o escritor da trilogia O Senhor dos Anéis, J. R. R. Tolkien, quando diz que aquilo que nós mesmos escolhemos é muito pouco: a vida e as circunstâncias fazem quase tudo. Porém, confessa o poeta Nuno Júdice, *mas levo comigo tudo/ o que recuso. Sinto/ colar-se-me às costas/ um resto de noite;/ e não sei voltar-me/ para a frente, onde/ amanhece.*

Concordo particularmente com o que pensa Ortega y Gasset, no sentido de que somos hoje uma parte pequena do que podemos ser. Vivemos a vida dentro de uma vida maior que é o mundo e suas circunstâncias. Não podemos ser estranhos ou alheios a eles. É dentro do mundo, desta vida que nos é maior, que habitam o conjunto de nossas possibilidades e o exercício de nossas potencialidades. Há limites, é claro. Nossas escolhas não são, assim, tão libertas de qualquer interferência. Todavia, nossas escolhas podem nos alforriar de muitas de nossas correntes, grilhões e algemas — afinal, se não somos tão livres assim, também não somos tão destinados igualmente. Nosso caminho não está escrito nas estrelas. São nossos passos e nosso caminhar que o fazem, pois a vida possível de uma pessoa não é fado ou sina, é construção — uma construção que construímos a partir do que nos é dado, e até imposto. Ou como ainda diz Gasset: *o nosso mundo é a dimensão de fatalidade que integra a nossa vida*, adversidade esta que não transforma a fatalidade em predeterminismo.

Se viemos ao mundo sem escolhermos, a trajetória que nele haveremos de percorrer em muito terá as marcas visíveis de nossas digitais. Em seu livro *A condição humana*, Hannah Arendt sustenta que a tal condição diz respeito às formas e maneiras que o homem encontra para viver ou até mesmo para sobreviver. Observa Arendt que somos seres condicionados pelos nossos atos e pelo que pensamos e sentimos, bem como pelo nosso contexto sócio-histórico-cultural. Para ela, a dignidade humana só é realmente conquistada através da vivência da complexidade da vida. Uma pessoa que somente vive sem questionar sua vida e/ou sua existência equivale a um animal, em virtude do não uso de sua racionalidade reflexiva. E, no "teatro da vida", corremos o risco de interpretarmos papéis, em vez de vivermos uma vida real e, consequentemente, autorrealizada.

Há uma conhecida peça teatral de Samuel Beckett, *Esperando Godot* (1949), na qual dois mendigos esperam a chegada de alguém que eles nunca viram ou conheceram chamado Godot. Passam todo o enredo próximos a uma árvore esquelética de parcas folhas, frente a uma estrada deserta. Dialogam, esperam, dialogam, esperam. Nada acontece, Godot nunca aparece. Em seu teatro do absurdo,

Beckett nos leva a refletir sobre a condição humana e pensar sobre pessoas que passam toda a sua existência no aguardo da chegada de algo que lhes mudará o curso de suas vidas. Vivem alienadas na própria espera. "Por que", perguntaríamos, "eles não vão embora estrada adentro?". "Porque não podem", responde o autor, na fala de um dos personagens. "E por que não podem?" — insistiríamos em perguntar. "Porque estamos esperando Godot", responderiam os personagens.

Creio que a liberdade de que tanto falam os existencialistas não tenha a ver com escolher os objetos disponíveis que encontramos nas prateleiras da vida. Liberdade é saber criar o que se quer e conseguir encontrá-lo. A liberdade de escolher seu melhor e adequado caminho passa pela capacidade de inventar seu próprio caminho — e nele caminhar. Nisso concordo com Sartre, que diz que o homem inventa o homem e, assim, entendo suas palavras, quando afirma que *o homem, antes de mais nada, é um projeto que se vive subjetivamente*. Que não nos acomodemos por medo ou vergonha de dar um primeiro passo. Que não vivamos os caminhos dos outros, pois o caminho é sempre único e singular. Que, em nosso andejar, possamos cruzar com outros andarilhos e caminhantes ou encontrá-los paralelamente nas margens de nossa estrada. Porque cada um faz o seu caminho, e nem sempre o caminho mais fácil é o melhor caminho, assim como não é porque a rosa é mais cheirosa do que o repolho que ela é mais nutritiva que ele. Sim, caminhante, não há caminho: o caminho se faz no caminhar. Pois *são nossos passos o caminho, e nada mais*

silêncio para ouvir o silêncio

O mundo de repente calou-se. Nenhum som, nem sequer nenhum ruído. Toda uma calmaria me cercou no emudecimento do cosmos, feito uma casa retirada de crianças e dos demais adultos. Na solidão que me imponho dilata-se o vazio das coisas vivas, enquanto me debruço além da garganta, das epidermes e dos ossos. Ouço-me ao estender-me para dentro na quietude morna e comedida das ressonâncias agora outonais de verões passados. Sinto em meu rosto o sol em plena noite. Transformo-me em uma agigantada madrugada sem fim desabafando gemidos de um outro silêncio que desabrocha no tremeluzir profundo das minhas ocultas entranhas.

Poderia iniciar, assim, um esboço de texto se pretendesse fazer, aqui, literatura. Poderia ser um conto, uma crônica ou uma prosa poética qualquer. Porém, meu presente intuito é apenas abordar a temática em termos de um pequeno ensaio ou breve artigo. Perdoem-me se fiz pensar tratar-se de outra coisa, mas vamos, então, ao que interessa, isto é, penetrar nos espaços onde os sons corriqueiros não entram e cuja vida, como escreveu o poeta Rainer Maria Rilke, perdura ao lado da nossa, que passa. Voltar-se a si mesmo. Escutar o indizível. Reconhecer os mais inaudíveis ruídos e sonidos. Ir aonde o ouvido não vai. E ouvir o silêncio que sempre está por detrás do silêncio.

Voltar-se para dentro significa interiorizar-se. Dentro do homem habita o homem. Como diz José Saramago, em seu livro *Ensaio Sobre a Cegueira*, dentro de nós há uma coisa que não tem nome, essa coisa é o que somos. Santo Agostinho (considerado o "pai da interioridade") afirmou que é no interior do homem que habita a verdade.

Não saiamos, portanto, tanto para fora — como de hábito e frequência fazemos. Retiremo-nos, de vez em quando, do mundo externo e suas mundanidades ruidosas. Afastemo-nos, pois, alguns instantes, do falatório e barulho geral. Cerquemo-nos de silêncio para, a partir dele, escutarmos outras vozes. Alguém já disse que o silêncio é o respirar da alma. Ou, como expressou Confúcio: *o silêncio é um amigo que nunca trai.*

A agitação nos distrai. No alvoroço da vida banal muitas são as vezes em que nos multiplicamos e nos fragmentamos, assim como nos diversificamos. É necessário um certo afastamento de tudo, ingressar no ócio para que possamos refletir, desenvolver nossos potenciais, conhecer e melhorar quem somos. Damásio, em seu livro *O ócio criativo*, diz que precisamos descansar a mente através do ócio criativo que, segundo ele, é aquela trabalheira mental que acontece quando ficamos parados. *Ociar*, diz Damásio, *não significa não pensar*; significa não pensar regras obrigatórias, não ser assediado pelos relógios e não obedecer aos percursos de certas racionalidades. Não forcemos, pois, o germinar que se inicia no afastamento dos pensamentos não pensados. Sem pressa, permitamos o amadurecer das palavras escurecidas rumo ao parto de sua luz. Deixemos o fluir do questionar das verdades prontas e nos coloquemos a desaprender, como ensina Roland Barthes, tudo o que temos aprendido. É necessário, portanto, não conhecer para ter anseio de conhecer. É como escrevem Gilberto Dimenstein e Rubem Alves, em *Fomos maus alunos*, o aprendido se agarra de uma forma terrível e é o aprendido que impede que eu aprenda uma coisa de uma maneira diferente. Nossas certezas e nossas verdades são impregnadas de talvez.

Parafraseando o escritor Vergílio Ferreira (fecha os olhos para não seres cego), tapemos os ouvidos para não ficarmos surdos. Refletir, disse certa vez Jean Rostand, é desarrumar os pensamentos. É no calar da cacofonia do mundo externo que o mundo interno se nos revela. Não existe silêncio absoluto, pois até o nada tem lá seus murmúrios e cochichos. O silêncio completo é inexistência. E, se existo, então posso me ouvir. Assim, nem o silêncio silencia o silêncio.

Refletir é uma atividade mental, todavia uma atividade mental diferente do pensar como pensamos vulgarmente nos nossos espaços correntes do cotidiano. É analisar e avaliar o visto, ouvido, cheirado, tocado, sentido, lembrado, sonhado, pensado... Enfim, é moer, ruminar e elucubrar o que há em nós. É caminhar para dentro até para melhor entender o que está fora. É consultar a alma e pensá-la; aliás, pensar com ela e a partir dela. Dialogar com a própria mente e com o mundo e a vida por meio dela requer um processo psíquico elaborativo e autodiscursivo.

Vejamos, por exemplo, o conceito de meditação, cuja etimologia vem do latim *meditare*, que significa "voltar-se para o interior de si com o sentido de desligar-se do mundo exterior". É um voltar a atenção para dentro do seu psiquismo no intuito de escutar-se, melhor compreender a sua existência e o mundo circundante, como uma espécie de instrumento ao desenvolvimento pessoal. Muitas vezes associado às práticas religiosas, o ato de meditar é ultrapassar o intelecto comumente usado (calar a mente), para contemplar o habitualmente incontemplável.

Também o termo "refletir" traz sentido análogo, ou seja, significa um movimento de volta sobre si mesmo, no qual o pensamento passa a questionar o pensamento e as nossas ações e relações com a realidade vivenciada. Questões como: por que pensamos o que pensamos?, por que fazemos o que fazemos?, o que eu quero quando penso, ajo e falo?, qual ou quais minhas reais intencionalidades?, que sentido tem a vida?, que sentido tem a minha vida?, entre outras, contribui para o entendimento e aprofundamento de nossas essências e existências.

Silenciar o balbucio das rotinas e do trivial dos dias. Cobrir o redor de profunda noite para iluminar as tênues e frágeis luzes que se encobrem pelo brilhar ruidoso do cotidiano usual. Apagar as aparências para descobrir o submerso. É no emudecer das algazarras e dos sons audíveis que podemos escutar os sons que vêm das entranhas das coisas, vivas e mortas. Como diz Fernando Pessoa, *é fácil trocar as palavras/ difícil é interpretar os silêncios*. Quando outro poeta, Manoel de Barros, afirma que é difícil fotografar o silêncio, ele também assim o tenta e fotografa uma nuvem de calças. Similarmente reconhece o escritor Franz Kafka, quando propõe não ser necessário sair de casa.

Permaneça nela e ouça. *Não apenas ouça, mas espere. Não apenas espere, mas fique sozinho em silêncio. Então o mundo se apresentará desmascarado. Em êxtase, se dobrará sobre seus pés.*

Se fosse fazer deste meu texto, aqui, um outro texto (mais poético ou literário), talvez eu continuasse que o acima iniciei da seguinte maneira e curso:

> *Agora que o silêncio me toma e me apodera estou tão despovoado de tudo e de todos que posso ouvir o passar dos minutos, o murmurar dos objetos e o acasalar das formigas. A nitidez em que me encontro assusta-me. Receio o encontrar das respostas a perguntas que nunca ousarei fazer. Na vastidão deste silêncio impoluído algo se move e suspira. Chego a sentir em minha nuca o segredar de seus respiros. Reconheço o frágil som de sua voz que vem lá do fundo do baú da minha memória. Sou eu, menino, que na inalação do adulto se exala. E me fala a linguagem pura e sensível das crianças. É quando o emudecer do universo explode em sons variados e infinitos. E todo o mundo, o mundo inteiro, se vê invadido por uma estranha e nova polifonia, de sons, significados e vozes. Na ausência das palavras, o silêncio, então, baila brincante na festa que ele criou.*

Talvez o texto que sequer escreverei discorresse assim.
Talvez

somos todos Hamlet

O mais dramático e trágico dos personagens shakespearianos talvez seja Hamlet. Mesmo quem jamais assistiu à peça teatral ou sequer ouviu falar dela conhece a atormentada e angustiosa expressão *ser ou não ser, eis a questão*. A frase faz parte de um monólogo de Hamlet e é seguida da seguinte inquietação: *sofrer na alma as flechas da fortuna ultrajante ou pegar em armas contra um mar de dores pondo-lhes um fim*? Não obstante a história tenha sido escrita em torno do final dos anos 1500 e começo dos anos 1600, a referida fala do personagem é atemporal. O conflito interno e os dilemas morais são, por assim dizer, parte da própria natureza humana. *Ser ou não ser, eis a questão*.

Este parece ser o mais profundo sentido da vida humana: ser ou não ser. A indagação hamletiana é feita frente a um crânio de uma pessoa que ele conhecera em vida. Se o que Hamlet tem em mãos é uma sobra óssea de um esqueleto, antes ele era coberto de carne e, dentro, havia uma vida cheia de sonhos, ilusões, esperanças, alegrias e tristezas. Ser ou não ser é a perplexidade hesitante da vida humana frente à morte. Os demais seres viventes vivem existindo; somente o homem vive existencialmente.

Ser quem se é. Mas quem é que somos? Pensamos ser tanta coisa, já dizia Fernando Pessoa. Não podemos ser sempre o que gostaríamos de ser, porém o que podemos ser e ainda não somos. Desejar não é ser. O desejo de ser quem não se é nos gera sofrimento. A principal raiz de um existir sofrente reside na não aceitação de quem se é. O sublime foi feito para os santos e os heróis. Inúmeros são aqueles que passam a vida querendo ser mais do que carne e nervos. Na inutilidade de nossos ideais quiméricos, distanciamo-nos do verdadeiro ser que respira em latências traídas pelo narcisismo da alma. Queremos mais qualidades do que temos. Nossas algumas competências não nos bastam. A propriedade predicativa de cada um parece menos. Nossas magníficas majestades não aceitam viver sem cetros e coroas. O mundo é meu reino, embora dele sequer seja um súdito. *Entre mim e o que em mim/ é o quem eu me suponho/ corre um rio sem fim,* escreveu o poeta.

Quem é esse ser verdadeiro que nos habita e que tanto tememos somente por sua autenticidade nem sempre condizer com o ideal que, de nós, fazemos? Quem não se aceita, com todas suas qualidades, virtudes, defeitos e limites, atrofia seu próprio desenvolvimento. Quem não consente ser o que se é busca, na vida, uma inautenticidade que não lhe legitima, uma máscara que lhe aprisiona sua real face. Somos o que somos e não o que idealizamos. Tornar-se algo, tornar-se alguém, é transformar o que ainda não se é, mas que pode vir a ser, em aquilo que se é.

Se somos feitos de contrários e se somos diversos e adversos, que sejamos, então, inteiros. "Ser" não é uma questão, porém uma aceitação. "Não ser" é uma negação

a suave delicadeza das minhas inquietações

Minha pele tem dupla face: aquela com que me visto e aquela sob a qual habito. Abaixo de ambas existe uma profundeza enorme que, muitas vezes, me assusta. Sou quase todo uma latência que pulsa no estremecer dos meus menores e mínimos gestos. Aquém das superfícies nada sei de serenidades. Acaso pudessem as pessoas me conhecer, o que achariam seria um inesgotável e buliçoso inverno.

Porque me inquieto, eu sonho; porque sonho, não sou. Não sendo, penso-me. Pensando, vejo-me. Vendo-me, me surpreendo. E me surpreendendo, indago-me. O que posso ser de mim, o que ainda não fui? Sou aquele que não sou? Ou serei apenas aquele que não conseguiu ser? Se sou, assim, tantos, então quem sou de fato eu? Minhas labaredas internas não me queimam, porém me aquecem. Meu inverno interno não é feito de chuvas e trovoadas, mas de mansas nuvens em movimento. Sim, isto sei que sou: uma nuvem entrajada de mim.

Nos anos 1970 passados, Cacaso musicou os seguintes versos, celebrados na voz de Sueli Costa: *quem me vê assim cantando/ não sabe nada de mim./ Dentro de mim mora um anjo/ que tem a boca pintada/ que tem as unhas pintadas/ que tem as asas pintadas/ que passa horas a fio/ no espelho do toucador.* Mas dentro de mim não moram anjos nem demônios. Dentro de mim mora um céu inteiro. Sou o meu sol, minha lua e minhas estrelas. Sou meu próprio paraíso e meu inferno. Sou infinito enquanto não findo. Sou eu mesmo meus arcanjos, meus querubins decaídos e meu Éden. E, no transitório celestial de mim, sou pagão, ateu e cristão. Sou uma profunda contradição que anda de roupa por aí. *Quem me vê assim cantando, não sabe nada de mim.*

Na clareza dos seus mistérios, o homem se encontra e se traduz. O dialeto da alma é diferente de todas as racionalidades humanas. A língua de fora exclama, enquanto a de dentro, estala. Talvez esteja certo Pascal, quando diz que *o coração tem razões que a própria razão desconhece.*

Nossa mais verdadeira existência não transita pelas ruas e praças, pois é nos quartos e becos onde reside o existir e suas autenticidades. O eu da alma não foi feito para claridades, porém para as sombras privadas dos fundos. Nas abissais profundezas, o eu dissolve-se na liquidez de um oceano cósmico. O que entendemos por "eu" — como ensina o budismo — é uma ilusão construída pela mente. O que pensamos que somos, pois, nada mais é do que resíduos de nossas sensações, percepções e sentimentos. Para fora, terminamos; para dentro, somos infinitos e eternos.

Freud nos dizia que somos um cavalo montado por um cavaleiro. Somos ambos. O cavaleiro conduz a força do cavalo com suas rédeas; sem elas, o cavalo conduz o cavaleiro. Solto de mim, que riscos corro do que serei? A força que trago necessita ser domada; afinal, sem dono, dispararia para bem distante de mim. Por isso entendo, mais uma vez, Fernando Pessoa (Alberto Caeiro), quando escreve: *Porque eu sou do tamanho do que vejo. E não do tamanho da minha altura.*

Ah! não me venham com cavilações e prosopopeias. Meus interiores não são construídos de carnes ou vísceras, mas sim de quimeras e desejos. Por isso é que me sinto sentindo quando me sinto desperto para dentro, na impalpabilidade vulcânica de todos os meus inconsumos.

Transpiro versos como quem faz prosa. Grito silêncios nos entremeios dos meus sussurros. Meu sabor é doce, por detrás do azedo, e amargo, em lugar de ameno. Já cantava Caetano que *cada um sabe a dor e a delícia de ser o que é...* Apenas eu — e somente eu — sei dos meus encantos e desencantos, das minhas paixões e dos meus ardores. Minhas inquietações são mansas e, porque mansas, são imensas. Não me assossego nem um instante, nem quando pareço calmo; pois, pacato e pacífico, sou todo inquieto.

Quem me vê assim cantando não sabe nada de mim...

da precariedade da vida e outras finitudes

Somos minúsculos frente ao curso da vida. Temos hábito de dizer que a vida passa, mas a vida, por já existir antes de nós e depois de nós, não passa para o indivíduo, é o indivíduo que passa por ela. A finitude nos acompanha desde o nascimento. Nascer, por si mesmo, já representa um morrer. Quando um feto é expelido ou retirado do útero, morre no parto um estilo de vida (uterino) e um mundo (aquático); nasce uma nova maneira de se viver (extrauterina) diante de um mundo até então novo e diferente (aéreo). Vai-se respirar através dos pulmões pela primeira vez, vai-se sentir fome, calor e frio, vai-se começar a ver a luz pela primeira vez, vai-se chorar e o mundo nunca mais será como antes.

Perdemos inicialmente o útero; depois, o seio e o colo. No caminhar da existência, muitas outras perdas ocorrerão, desde a perda da infância, do corpo infantil e dos pais idealizados. Sequencialmente, perdem-se a adolescência, a juventude e a vitalidade. Perdem-se objetos, lugares, momentos, pessoas, funções e assim se vai, ou melhor, assim vamos pela vida afora. Até que chega o instante derradeiro em que se perde a própria vida e, finalmente, morre-se. Literal e vivencialmente é como diz o poeta: "Isto o que ganhei: essas perdas. Isto o que ficou: esse tesouro de ausências" (Ruy Espinheira Filho).

A memória é o eixo central na exiguidade de nossas existências; afinal, somos hoje quem somos graças a todas as nossas perdas e à capacidade humana de se ver e se recordar como uma continuidade de vida. É como disse outro poeta, Manuel Bandeira: *com o tempo o coração da gente vai se transformando num cemitério.*

Embora saibamos que tudo nos esvai como fumaça, tudo passa na voraz fugacidade do tempo, sonhamos ilusória e inutilmente com a permanência. Mas eis que vem, inexorável e sempre implacável, a transitoriedade ligeira do existir e nos deixa pasmos e nostálgicos como Manuel Bandeira, em sua Evocação do Recife: *a casa de meu avô.../ Nunca pensei que ela acabasse!/ Tudo lá parecia impregnado de eternidade*. Somos todos, sem exceção, passageiros de uma vida que existida é somente passageira.

Quanto mais se vive, mais aumentam as lápides do cemitério do coração. Vamos aos poucos, dia após dia, convivendo mais com os mortos do que com os vivos. E se, ainda assim, sobrevivermos aos nossos vivos, eles nos restarão como lembranças a compor o mosaico da memória. Em sua velhice, o filósofo político italiano Norberto Bobbio escreveu que *somos o que lembramos*. Eu diria, complementando, que nossa alma é feita de sonhos, lembranças, ideias, desejos, sentimentos e perdas. Não há um ser humano qualquer que já não tenha passado por suas perdas. E ainda continuará passando...

O psiquiatra e psicanalista Erik Erikson foi um dos estudiosos da psicologia do desenvolvimento que mais contribuiu sobre o tema. Não se estuda psicologia sem conhecer Erikson e é dele o destaque para as "oito idades do homem". O crescimento psicológico se faz integrado com o ambiente social, e cada etapa ou estágio nos prepara para os enfrentamentos dos conflitos adaptativos inerentes à vida. O crescer é feito de perdas. Necessitamos elaborar satisfatoriamente nossas perdas para que o viver não nos pese de maneira depressiva. Necessitamos melhor lidar com as mudanças, as transições, as tristezas e seguir a vida. O luto nos acompanha, seja por perdas reais, seja pela gradação de papéis (tais como: de solteiro para casado, paternidade, aposentadoria etc.), seja pelo próprio envelhecer. O luto, como processo elaborativo das perdas, tem papel fundamental na vida humana.

A vida humana, a vida de um indivíduo humano é um instante. Um instante espremido entre duas escuridões, como refere o escritor Vladimir Nabokov: *nossa existência nao é mais que um curto--circuito de luz entre duas eternidades de escuridão*. Do breu uterino ao breu do túmulo. Este é o nosso percurso e caminho.

Freud também nos deu sua contribuição no belíssimo texto *Sobre a transitoriedade* (1915), quando relata um passeio com um amigo por um jardim. O amigo manifesta o desagrado e o incômodo com a finitude humana e Freud, a partir dessa conversa, especula sobre "a exigência humana de eternidade". Ensina-nos ele, no refletir sobre a caducidade do que chamamos belo, que é exatamente porque as coisas são transitórias que as amamos. Então, passa a discorrer sobre o tempo que passa e o tempo que permanece, sendo este último não somente o tempo da memória e das lembranças, mas o tempo que só é tempo no tempo depois, isto é, o tempo do inconsciente. No conjunto inteiro de sua portentosa obra, Freud distingue a consciência da inconsciência e, em vez do que um leitor apressado sobre o tema possa pensar (o passado como um causador do presente), o que passa torna-se, assim e então, uma realidade psíquica, visto que o inconsciente é psiquicamente o lugar onde os tempos se amalgamam.

Sêneca é outro que dedicou parte de sua vida a se debruçar sobre o que ele chamou de "brevidade da vida". Em cartas dirigidas ao personagem Paulino, no século I d.C., o filósofo pondera com sabedoria sobre a natureza finita da vida humana e a nossa relação com o rápido transcurso temporal da existência. A forma como utilizamos a fluidez do tempo que nos cabe é que a transforma em lamento ou fortuna. Escreve ele:

> *Não temos exatamente uma vida curta, mas desperdiçamos uma grande parte dela. A vida, se bem empregada, é suficientemente longa e nos foi dada com muita generosidade para a realização de importantes tarefas. Ao contrário, se desperdiçada no luxo e na indiferença, se nenhuma obra é*

concretizada, por fim, se não se respeita nenhum valor, não realizamos aquilo que deveríamos realizar, sentimos que ela realmente se esvai.

Para Sêneca, a vida pode até ser breve, mas o que a prolonga é a arte do seu uso.

Também nos ensina o mestre budista Gyomay Kubose: *quando o sol brilha, desfrute-o; quando a chuva cai, desfrute-a. Todas as coisas nesta vida – deixe que venham e deixe que se vão*. E aqui reside a grande sabedoria humana: viver a vida como um artista e fazer de cada instante o instante.

Estava certo o poeta pernambucano Carlos Pena Filho, quando escreveu os seguintes versos: *... lembra-te que afinal te resta a vida/ com tudo que é insolvente e provisório/ e de que ainda tens uma saída:/* **entrar no acaso e amar o transitório** (grifos nossos)

a sustentável leveza do ser

Utilizamos a palavra humor em vários sentidos e significados. O anatomista, por exemplo, falará do humor como algo aquoso produzido pelo olho, enquanto o profissional de saúde mental poderá estar falando como algo associado ao equilíbrio psíquico. Já no entendimento trivial e habitual, muitas vezes se usa a expressão humor para designar o estado de espírito de alguém, como quando dizemos "você hoje está de mau humor". Um comediante, por sua vez, buscará o humor como comicidade. E assim por diante. E nós, aqui? Bem, nós aqui vamos explorar o humor enquanto disposição psicológica e um recurso saudável da personalidade que o utiliza e dele se aproveita — e tira bons proveitos. Em outras palavras, o humor é aqui entendido como função vital, cujas raízes se encontram na alma humana.

O humor faz parte da subjetividade e contribui para a assertividade dela. Um sujeito bem-humorado, inevitavelmente, é igualmente alguém mais tranquilo e tolerante com o mundo, a vida e as pessoas — e até consigo próprio. O humor é a porta que interliga os sentimentos com a percepção e a sensibilidade. O humor por si mesmo é comprovação do amadurecimento psicológico da pessoa. Permite e possibilita que sejamos sérios e sensatos, mas que percebamos que nossa importância frente às coisas e as coisas frente a nós não são lá, assim, tão importantes em demasia. O humor nos alegra e nos sereniza. É com o humor que podemos descortinar a ludicidade por detrás do circunspecto e o *nonsense*, detrás do solene e da sisudez. Venhamos e convenhamos, embora viver seja uma coisa séria, a vida não é de todo tão séria. Ou, como afirmava São Tomás de Aquino: *o humor é necessário para a vida humana.*

Alguém aqui se lembra do livro *O nome da rosa*, de Umberto Eco, ou do filme homônimo de Jean-Jacques Annaud, nele baseado?

Alguém se lembra de que, em meio ao universo lúgubre e fechado dos mosteiros medievais, o segundo livro da Poética, de Aristóteles, que faz uma apologia ao valor do riso como parte da essência do homem, era proibido? Rir não é somente um santo remédio, como diz certo adágio popular, rir é próprio da natureza humana.

Freud mesmo escreveu que o humor é o mecanismo de defesa mais eficaz que temos e que nos permite tanto equilibrar as emoções quanto elaborar as frustrações. Além disso o humor tem forte função e apelo social. Bem como dizia Kant: *apenas três coisas podem realmente fortalecer o homem contra as atribulações da vida: a esperança, o sono e o riso.*

O humor nos possibilita e propicia boas lembranças. Ah, se soubéssemos que a vida vivida não é uma vida sobrevivida, pois a vida vivida é aquela em que se vive na contínua arte de se construir lembranças. É no hoje que formamos as lembranças do passado, passado este que sempre nos acompanhará em todos os hoje que viveremos. Viver o presente com graça e leveza nos enriquece a memória de suave graciosidade. Um homem dessa forma edificado não arrasta seus pés no caminhar da vida, mas anda com delicados passos firmes. O humor nos faz pesar bem menos do que uma pluma.

E de onde nos vem, portanto, essa disposição psíquica ao humor? Da infância, é claro. E não falo da infância do menino ou da menina, mas sim da infância psíquica. A mente, originariamente, tem qualidades que lhes são primárias e da sua própria natureza infante, entre elas a sua inata capacidade de brincar. A mente é essencialmente fantasmática e lúdica. Observem qualquer criança pequena e vejam como é capaz, imaginativa e fantasiosamente, de brincar e se divertir com quase qualquer coisa. Essa aptidão e faculdade de trebelhar ou brincar, de imaginar, de inventar e de criar é própria do psiquismo. E não é porque crescemos e nos tornamos adultos que deixaremos de possuir tais qualidades. Embora adulta seja a pessoa, a mente, agora amadurecida, tem em si e funciona entre, digamos, dois predicados ou duas polaridades, ou seja: a mente adulta tem propriedades adultas, mas igualmente conserva propriedades infantis. Encurtadamente, para fins do presente texto e parco espaço que ele tem, chamemos de qualidades adultas a responsabilidade, a seriedade, o compromisso e a sensatez, entre outras. E, de qualidades infantis, como dito acima, a ludicidade, a imaginação, a inventividade, a ousadia, a afoiteza e a criatividade, entre outras. Adulteza e jovialidade, assim, podem conviver — e convivem — sob um mesmo teto: o nosso psiquismo. Temos e teremos sempre, ao longo de nossas vidas, um *puer* dentro de nós.

A pessoa que se permite puerilizar adultamente — que não é o mesmo que infantilizar-se ou regredir, pelo contrário — é aquela que, com inventividade, imaginação, criatividade e pitadas de ousadia e afoiteza, brinca. Um adulto que brinca e, com isso, ventila a si mesmo possibilita, inclusive, modos de socialização novos. Um dos principais definidores do humor é exatamente a capacidade que se tem de rir de si mesmo. Ao achar graça de ser quem se é, o sujeito humorado descentraliza-se do próprio narcisismo, bem como de certos ideais reguladores que o social tenta impor. Talvez por isso Freud tenha dito que *o humor não é resignado, mas rebelde*. Sim, esqueci, no polo jovial de nossa mente também habita nossa capacidade de ser rebelde e de revolucionar.

Prazer e alegria consigo mesmo e com a vida têm, no humor, seu combustível. A alegria, já dizia Sêneca, é uma coisa muito séria. Devemos levar com seriedade sermos alegres na vida e muitas vezes isso não é fácil, visto que para ser ou ficar triste muitas coisas bastam. Não se busca alegria nas coisas, a alegria vem de dentro de nós. É um estado de espírito, uma postura, um talento desenvolvido ou desinibido, um hábito, uma prontidão, uma aptidão ou tudo isso junto e algo mais, até. E não estamos falando (um leitor atento já deve ter percebido) da alegria como resposta a situações e/ou momentos felizes, mas sim da alegria como atividade e ação; afinal, a verdadeira alegria não é passividade, porém criação.

Com humor, temos menos vergonha, medo e culpa. Com humor, somos mais congruentes, autênticos e inteligentes. Circulamos pela vida com a leveza de uma inocência infantil e com a mesma fome do rapaz em explorar e conhecer o mundo além das cercanias que quiseram nos impor. Olhamos ao nosso redor com olhos de estrangeiro, isto é, somos o tempo inteiro capazes de nos deslumbrarmos frente ao novo e de nos encantarmos. É parecido com aquele ditado que diz: *quem canta seus males espanta*

garimpeiros de amanhãs

> *E amanhã eu vou ter de novo um hoje*
> **Clarice Lispector**

Alguém poderia dizer que o futuro é um lugar que não existe, pois quando lá chegamos não é mais futuro, mas sim sempre presente. O filósofo Louis Althusser, por exemplo, titulou sua autobiografia de *O futuro dura muito tempo*. Sim, por essa perspectiva, o futuro dura muito tempo: a eternidade de uma existência. Ou como consta na Wikipédia, "o futuro é o intervalo de tempo que se inicia após o presente e não tem um fim definido". Enquanto vida houver, haverá futuro. Mas a vida não é uma sequência infinita de agoras. Nela há o tempo único que é o espaço de tempo em que nasce, reside e se move a vitalidade de um ser.

Essa pequena temporalidade de uma existência é como uma estrutura que se organiza de tempo passado, tempo presente e tempo futuro. Já escrevia o também filósofo Jean-Paul Sartre (*O ser e o nada*), em relação a essa síntese: *encontraremos, em primeiro lugar, este paradoxo: o passado não é mais, o futuro ainda não é, quanto ao presente instantâneo, todos sabem que ele não é tudo, é o limite de uma divisão infinita, como o ponto sem dimensão.*

Quando Heidegger indaga "que é ser?", percebe que a entidade humana se destaca dos demais seres vivos, pois é capaz, ele mesmo, de questionar o ser. O ser humano, chama Heidegger, é um "ser-aí", um ente que existe de imediato no mundo, um *Dasein*. Todos nós, seres humanos, somos uma história que está ocorrendo e se cumprindo. Somos seres de história e, portanto, somos igualmente um ser que aqui está para a morte. Mas a morte está sempre à frente de quem vive, lá no derradeiro e último futuro do sujeito. Embora caminhemos para ela, não morremos ainda. Estamos vivos. Continuamos. No lugar do tempo ontológico e linear das coisas, Heidegger nos propõe a temporalidade do sentido do ser do *Dasein*. Tanto o futuro quanto o passado não existem como forma determinada, pois o amanhã é expectância e o passado é lembrança, ou, mais precisamente, o significado que damos a eles.

O futuro, para onde continuamente caminhamos, é o horizonte do ser. A cada horizonte alcançado, novo horizonte nós temos pela frente. Conquanto vivamos sempre no presente, marchamos incessantemente para o amanhã. O amanhã de hoje é o presente do amanhã, assim como o presente de agora será o ontem do porvir. Se o presente é sempre o estar aí, no presente do futuro ele se achará envelhecido.

O economista e filósofo Eduardo Giannetti, em seu livro *O valor do amanhã*, trata do viver presente em relação ao futuro como uma inevitável operação de juros e troca, só que não é uma troca em termos financeiros ou econômicos, mas uma troca em termos intertemporais. Escreve ele: *a vida é breve, os dias se devoram e nossas capacidades são limitadas... A tensão entre presente e futuro – agora, depois ou nunca – é uma questão de vida ou morte que permeia toda a cadeia do ser.* Os juros, relaciona Giannetti, são o prêmio de quem soube esperar e aceitou adiar a realização de seus desejos para o futuro; já para quem optou pelo agora, os juros são tão somente o custo de sua pouca paciência. Nesse sentido assim exposto, há os credores (os que se limitaram no presente e pouparam para o futuro) e os devedores (os que gastam logo os recursos que poderiam utilizar mais adiante).

Acima dizia que o futuro dura a eternidade de uma existência. Sim, o futuro é o amanhã que está sempre por vir. Mas lembremos, a cada dia estamos um pouco mais perto do incerto, porém inevitável, do último presente onde não haverá mais futuro. Ou, como dizia José Saramago, *de repente, o futuro tornou-se curto*.

Verdade, a vida passa; a vida, esta vida que cada um de nós vive, um dia acaba. Vivamos o instante, sorvendo dele o que dele podemos sorver, mas não esqueçamos que a vida, ainda que passageira, não é feita num instante.

Somos inconstantes e mutáveis e, nessa nossa flutuação existencial, vamos construindo, dia a dia, o futuro; pois, como afirma o escritor futurista Alvin Toffler, cada evento influencia todos os outros. O célebre pensador chinês Confúcio já nos ensinava, há mais de quatro séculos antes de Cristo, que, se quisermos prever o futuro, devemos estudar o passado. Por minha vez, entendo que o passado nos trouxe até o aqui-agora e o aqui-agora nos levará ao futuro, incerto e indefinido, mas que traz as sementes e marcas do seu passado. Ou como dizia Gandhi: *o futuro dependerá daquilo que fazemos no presente.*

Olhemos, pois, ao redor, companheiros de caminhada: o terreno ainda é fértil. Plantemos sementes e as reguemos cotidianamente, uma vez que mais adiante elas poderão ser as árvores que nos sombrearão quando então estivermos já cansados. Não é à toa que, quando nos despedimos de alguém no agora, dizemos "até amanhã". E é no amanhã que minha despedida de hoje se encontra e se afirma. Quero-a como nos versos do poeta luso Eugénio de Andrade:

Sei agora como nasceu a alegria,
como nasce o vento entre barcos de papel,
como nasce a água ou o amor
quando a juventude não é uma lágrima.

É primeiro só um rumor de espuma
à roda do corpo que desperta,
sílaba espessa, beijo acumulado,
amanhecer de pássaros no sangue.

É subitamente um grito,
um grito apertado nos dentes,
galope de cavalos num horizonte
onde o mar é diurno e sem palavras.

Falei de tudo quanto amei.
De coisas que te dou
para que tu as ames comigo:
a juventude, o vento e as areias.

Até amanhã...

escombros de uma eternidade arrancada

Hoje meu pai é apenas um nome de rua no bairro da Várzea. Dele nada mais me restam senão as esparsas lembranças de sua presença em minha infância, além de umas caixas que minha mãe zelosamente guardou ao longo de sua rápida existência, com textos, notícias, livros, rascunhos, documentos e algumas fotos, resíduos de uma época minha tão cedo interrompida.

Perdi meu pai ao final da minha meninice, quando o mundo ainda me era encantado. Como bem disse o escritor, ilustrador e músico português Afonso Cruz, *todos os jardins da nossa infância são o jardim do paraíso*. E foi lá, no éden da minha puerícia, que ficou para sempre a sombra, hoje em preto e branco, daquele de quem nasci e continuarei filho.

Cascavilhando as caixas onde sobram os destroços e ruínas da infância, recentemente deparei-me com ecos empacotados no silêncio tumular dos encaixotados. Do jazigo da distante aurora da minha vida, encontrei dois poemas inéditos do meu pai (que foi poeta, escritor, crítico literário, jornalista, professor universitário e advogado). Reproduzo-os, abaixo, não meramente como um tributo, mas também como relembrança de um Joaquim que eu quase fui.

*Agora,
nas pupilas de teus olhos
goivos noturnos.
Em tuas mãos desacordadas
o beijo das estrelas.*

*Não vi quando partistes
nem quando chegastes ao pressentido porto*

borboleta azul.
Vejo apenas que as auroras
trazem a cor das violetas.

Não te acompanhei o voo
nem vi em tuas asas
o canto sonoro dos ventos frios
em tarde que era de verão.

* * * * *

Negros corcéis desembestados
te cortaram o imprevisto voo
num dobrar da estrada
escondida no pó.

Estão para sempre
fechadas tuas asas
borboleta azul,
como se fora uma carta
que o destino acabou de ler
e guardou num cofre.

Não sei se o relógio
venceu o tempo,
ou se teus gestos
desafiaram o encontro
que marcastes.

Se os ventos te viram sorrir
quando fechastes as asas,
se em teus olhos se fixou

o último desenho,
só a tarde guardou este mistério.

Nunca mais (agora
que tudo é silêncio)
diante do amor e do vinho
teu rosto jovem revelará segredos.

Cezário de Mello, 1951

efeitos colaterais da busca da felicidade

Alguém já definiu felicidade como uma sensação de bem-estar e contentamento, como um momento durável de satisfação no qual a pessoa se sente plenamente feliz e realizada e não há nenhum tipo de sofrimento. Parece ideal. E é.

Seja o que for felicidade, ela é um estado de espírito formado de várias emoções e sentimentos positivos, muitas vezes propiciados por um sonho realizado, por uma conquista alcançada ou por um desejo consumado. Freud já dizia que todo ser humano é movido pela busca da felicidade. Mas também, afirmava ele, essa seria uma busca utópica, visto que a felicidade plena não faz parte do mundo real, onde o indivíduo vive experiências de triunfos e fracassos, alegrias e tristezas, realizações e frustrações. O máximo que ele pode conseguir é uma felicidade parcial, uma felicidade mais ou menos.

Há um antigo provérbio chinês que diz: "Os nossos desejos são como crianças pequenas: quanto mais lhes cedemos, mais exigentes se tornam". Por outro lado, escreveu Goethe que *o homem deseja tantas coisas, e, no entanto, precisa de tão pouco*. O que, portanto, necessita o ser humano para ser feliz? A felicidade, existindo, tem um preço? Qual o preço da felicidade?

Bem, não sei se felicidade tem um preço (que não seria em termos venais nem econômicos, é claro), mas entendo que ela tem um limite. Ou, como já afirmava o novelista e compositor francês Romain Rolland, *a felicidade está em conhecer nossos limites e em apreciá-los*.

Se felicidade está, de alguma forma, relacionada com sonhos e desejos, ninguém humanamente falando realizará todos seus sonhos e desejos. Pode até ser que, no fundo de nossas almas ou psiques, exista o anseio de alcançarmos a felicidade sem esforço ou dor. Talvez. Mas isso seria a felicidade plena e narcisista. Na realidade, muitos dos nossos mais autênticos desejos podem ser e são alcançados, todavia com renúncia e trabalho. Não basta apenas se deitar em uma rede e sonhar. Não vai cair do céu, e de graça. Há coisas, por exemplo, que construímos e fazemos, ao longo do tempo, que nem sempre nos dão satisfação, mas nos propiciam a sensação de segurança. Não é fácil renunciar à segurança, mesmo que nela exista a impressão de vazio, ou de falta. Não é fácil renunciar à segurança e arriscar buscar o que pode nos fazer felizes. O lado de fora do nosso "mundinho" é imenso e desconhecido, quase no exato tamanho dos nossos medos.

E assim há os que preferem a segurança de seus vazios e a estabilidade medíocre e certa de suas vidas do que a aventura de se lançar para fora do amparo de suas cercanias, em busca de algo que, se lá existe, lá não se chega sem alguma dor (*não existe felicidade sem dor*, escreveu o filósofo e Nobel de literatura, Albert Camus).

Não é fácil, em princípio, renunciar à vida que se tem para se tentar viver mais feliz. O abdicar em prol da nossa própria felicidade não é tarefa ou atitude fácil. Operar a favor da autoestima, dizendo alguns nãos ao mundo, às convenções e às pessoas não é tarefa fácil nem é sinônimo de egoísmo, porém sintoma positivo de amor-próprio, autoconfiança e assertividade. É saudável quando podemos mudar de emprego ou carreira profissional nos quais não nos sentimos bem ou autorrealizados.

Embora seja difícil, abandonar os medos e avançar em frente é possível, desde que, de antemão, saibamos o que almejamos de verdade – além dos desertificados espaços de segurança que o mundinho cotidiano nos dá em sensação, como em sensação também nos dá o vazio. E não se consegue de um dia para o outro. Há tantos pensamentos e paradigmas apenas rotulantes e empobrecedores, relacionamentos afetivos esvaziados ou rotinas fúteis e inférteis, são tantas as convenções que nos ditam como fazer, sentir e pensar, que chegamos ao ponto de não saber mais fazer, sentir e pensar direito.

Gosto de dizer que a alma humana não tem peso. Quem pesa é o corpo. Porém nos sentimos, muitas vezes, pesados ou leves. O que faz que a alma esteja pesada ou leve não são os quilos, mas as autocobranças severas. Quanto mais nos autocobramos severamente, mais nos sentimos pesados. Quanto menos somos severos conosco mesmos, mais nos sentimos leves. Não é questão de quantidade, portanto, mas de coragem e relaxamento.

Quem tudo quer nada consegue. É necessário haver renúncia, e renunciar é um ato de maturidade. Vive-se a volatilidade de se estar vivo e as mudanças do próprio viver. Só na nossa ingênua imaturidade podemos crer no desejo de tudo desejar e na felicidade plena. Somos, o tempo inteiro, lapidados pela vida a aprender que é preciso, como certa vez escreveu Artur da Távola, *renunciar a pedaços da felicidade para não renunciar ao sonho da felicidade*.

Eis o ponto nodal da questão: *renunciar a pedaços da felicidade para não renunciar ao sonho da felicidade*. Esta é a felicidade possível, sem a onipotência ou a idealização da felicidade plena e completa: ser feliz, "apesar de"

a poesia que nos desnuda

A *psicanálise nasceu com a descoberta de que as palavras são cheias de silêncio*, escreveu certa vez Rubens Alves. Alma humana muito tem a dizer de si e muito fala sem o uso das palavras faladas ou pensadas. Os poetas também sabem disso, bem antes mesmo do surgimento da psicanálise. A poesia desvela pronúncias e dizeres que habitam no silêncio. Um poema, um bom poema não nos revela o desconhecido, propriamente dito, mas sim, muitas vezes, o que jazia esquecido ou despercebido. Entendem-se, assim, os seguintes versos de Jorge Luis Borges: *quando menino, eu temia que o espelho/ me mostrasse outro rosto ou uma cega/ máscara impessoal que ocultaria/ algo na certa atroz*. No silêncio moram sonhos, lembranças e imaginações.

Um poema se constrói com a linguagem da mente. Não há poesia, nem no mais belo amanhecer ou crepúsculo, se não houver uma alma a contemplá-los. Juan Luis Vives, que viveu entre os anos 1493 e 1540, reconhecia que *nenhum espelho reflete melhor a imagem do homem do que as suas palavras*. Não as palavras que nos escondem, no povoar do cotidiano. Porém, as palavras que emergem do poço fundo de nossas entranhas. Por detrás do meu eu familiar encobre-se um homem, em mim, estranho.

A poesia tanto nos encanta quanto nos desencova. Dize-me caro(a) leitor(a) o que vês, ao ler este poema de Carlos Drummond: *Sonhei que o sonho se forma/ não do que desejaríamos/ ou de quanto silenciamos/ em meio a ervas crescidas,/ mas do que vigia e fulge/ em cada ardente palavra*. Percebem que o poeta está a tentar tornar o indizível em exprimível? Que a poesia é o interior da alma ancorada pelas palavras? E que um poeta é aquele que está a testemunhar o que perdemos de consciente? Fala-nos Florbela Espanca: *só quem embala no peito/ dores amargas e secretas/ é que em noites de luar/*

pode entender os poetas. Com a poesia é que podemos vislumbrar a vida secreta e imaginária da alma humana.

Alguns podem dizer que poetizar é resultado por processo psíquico da sublimação. Em termos físico-químicos a sublimação é a passagem de uma substância em estado sólido diretamente para o estado gasoso. Em termos psicanalíticos, sublimação representa a gratificação/satisfação de um desejo/pulsão em termos socialmente positivos. A poesia escrita, embora faça uso das palavras, usa a linguagem para manifestar o sensível. A poesia subverte, é o que diz Adélia Prado: *a palavra é disfarce de uma coisa mais grave, surda-muda,/ foi inventada para ser calada*. A fala poética, por sua vez, evoca o que existe, vivo e pulsante, na vida vivida.

Se a psicanálise brotou próxima dos sonhos, a poesia ela mesma é um acordar para dentro. *Sem Poesia não há Humanidade. É ela a mais profunda e a mais etérea manifestação da nossa alma*, afirma Teixeira de Pascoaes.

Freud já dizia que os poetas são os mestres do conhecimento da alma. O médico e também escritor português Fernando Namora afirma: *a minha poesia é assim como uma/ vida que vagueia/ pelo mundo, por todos os caminhos/ do mundo,/ desencontrados como os ponteiros de um relógio velho*. Já Adélia Prado inicia um poema dizendo: *a mim que desde a infância venho vindo,/ como se o meu destino/ fosse o exato destino de uma estrela*. Assim, não é difícil enxergarmos uma articulação possível entre psicologia e poesia. Um poeta é antes, e acima de tudo, uma criança brincando com o mundo e as profundezas de si mesmo.

O dizer poético pode, muitas vezes, ser tão esfíngico quanto a alma humana, pois é dela que brota o bom poema. Tanto a psicanálise, como proposta por Freud, quanto a poesia brotam da mesma fonte: as palavras e sua força. Relembremos Florbela Espanca, *só quem embala no peito/ dores amargas e secretas/ é que em noites de luar/ pode entender os poetas*

meu inseparável melhor amigo

A palavra solidão tem enorme peso. Só de pensarmos nela, sentimos correr pela espinha um arrepio de medo, às vezes até de pavor. Ninguém, em sã consciência, quer se sentir sozinho e em solidão. Mas será que ficar sozinho tem de ser algo tão maléfico assim? Será que estar solitário tem de ser sempre relacionado à melancolia ou tristeza, abandono ou rejeição? Não creio. E sobre isso versaremos agora.

Solidão não é somente uma palavra, mas um sentimento. Sentimento que nos faz sentir sensações de vazio. Quando se sente solidão a pessoa sofre a dor psíquica de se sentir ilhada e isolada. Contudo, não confundamos solidão com estar sozinho ou desacompanhado, pois a solidão é o típico sentimento que tem estreito relacionamento com a falta de identificação com o outro. Por isso é tão comum falarmos de solidão urbana, ou até mesmo de solidão a dois em alguns casais, por exemplo. Nesse aspecto, estar sozinho por vontade própria não é solidão, ou seja, não significa que a pessoa esteja sentindo-se abandonada e refutada pelo mundo. A solidão é debilitante, principalmente se prolongada. Não é o caso de quem prefere estar sozinho por um tempo, pois isso é – ou pode ser – bastante fortificante e reparador. Solidão gera sofrimento; estar sozinho gera reflexão, aprofundamento e criatividade.

Estar sozinho pode muito bem ser uma experiência positiva e gratificante; afinal, é – ou pode ser – prazeroso estar consigo mesmo e mais ninguém. A este voltar-se a si, ficar sozinho consigo mesmo, chamaremos de solitude.

Solitude se diferencia de solidão. Em termos bem sucintos, solitude significa um espaço psicológico de privacidade e intimidade consigo próprio. A solitude, embora também represente distanciamento, isolamento e reclusão, ao contrário da solidão, não é promotora de sofrimento. A solitude é uma reclusão de caráter voluntário, quando a pessoa se retira dos ruídos e barulhos do cotidiano, em busca de paz interior. Na solidão, o sujeito anseia por companhia e, na solitude, a companhia buscada é a companhia de estar você consigo mesmo.

O dia a dia é impregnado de distrações que, muitas vezes, acabam nos alienando de quem somos. Procurar, às vezes, o silêncio externo, não representa estar em silêncio — afinal, dentro de todo ser humano há muitas vozes, algumas até sussurrantes. É necessário, pois, calar o mundo para encontrar nossa mais autêntica fala. É quase como naquele provérbio oriental, que diz que devemos escurecer para achar o brilho da mais tênue luz. Ou como, sabiamente, escreveu Santo Agostinho: *in interiore homine habitat veritas* ("não saias fora de ti, volta-te a ti mesmo; a verdade habita no interior do homem", em tradução livre).

Introversão e interioridade; é isso que estamos abordando, e é isso que verdadeiramente nos propicia a experiência de conhecer e ser quem realmente somos. Não existem monstros dentro de nós, apenas alguns fantasmas. O que convencionamos chamar de inconsciente não é um buraco negro cheio de demônios e pulsões, nem somos, em nosso âmago, tão malignos assim. Sim, somos ou podemos ser bons, da mesma maneira que somos ou podemos ser maus, inclusive conosco. Quanto mais nos conhecemos melhor, mais podemos escolher. E é aqui que reside a riqueza e a qualidade da conversa interior. Quanto mais dialogamos conosco, mais vamos conhecendo a pessoa que nos habita. Essa pessoa, tantas vezes negligenciada ou esquecida, é alguém com quem podemos de fato contar. O Eu de cada um de nós, o Eu de todos nós, é um Eu multifacetado. Quanto mais sabemos transitar por nossos labirintos internos e interligar cada pedaço de nós, mais nos potencializamos, inclusive emocionalmente. Isso facilita certa blindagem contra a solidão, afinal, somos a melhor companhia de nós mesmos.

Interessante assinalar que no livro *O poder dos quietos*, da escritora americana Susan Cain, ela afirma que as grandes ideias, descobertas científicas e obras artísticas e literárias da humanidade vieram de pessoas introvertidas como Einstein, Newton, Yeats, Proust, Spielberg, Chopin, Gandhi, entre tantos. *Sem os introvertidos, não haveria a teoria da relatividade, os noturnos de Chopin, o Google*, afirma. Perde-se muito tempo e energia ao querer ser o centro da atenção, quando o centro da atenção é a pessoa que está dentro de cada um de nós.

É cá dentro que encontramos a sensibilidade, a criatividade e o controle de nossas emoções. É também aqui dentro que estão as ideias e os pensamentos, assim como os sonhos, as fantasias e os desejos. Mais importante do que querer TER um companheiro(a), TER um bom salário, TER filhos, TER um milhão de amigos, TER uma casa e um carro novo, TER felicidade, é SER um companheiro(a), SER um bom profissional, SER pai, SER amigo, saber SER consumidor, SER feliz. O TER é encontrado fora; já o SER, dentro.

Engana-se aquele que achar que, dentro de uma pessoa só consigo mesma, há solidão. Não, quando se está só é solitude. Dentro de mim mesmo, por exemplo, existe uma multidão de Joaquins, alguns eu conheço; outros, ainda não. A consciência de me conhecer mais não somente me agrega qualidades que não sabia existir, mas também me proporciona o agradável sabor da minha companhia e o poder de sentir que, comigo, eu passo bem demais; embora, assim sabendo, queira estar muitas vezes com outras pessoas. Isso é escolha.

São tantas as emoções que nos habitam e, quanto mais se lida com elas, mais se amadurece. Conhecer a identidade de quem se é nos faz mais lúcidos, coerentes e verdadeiros. Ou teria sido à toa aquele sábio aforismo inscrito no pórtico do Oráculo de Delfos na Grécia Antiga "conhece-te a ti mesmo"? Não são nas baladas, festividades, facebooks e agitos que vamos nos conhecer. Lá fazemo-nos vistos e vemos pessoas. Mas é cá, aqui dentro, que nos vemos – e nos vendo nos conhecemos. Nas infindáveis imensidões de nossas interioridades reside a força que nos impulsiona para a frente e para nos expandirmos no mundo e na vida. Sabendo melhor e mais profundamente quem somos, saberemos melhor viver, condizentes com quem somos e o que queremos. É na verticalização da alma que se produz a horizontalização do agir; afinal, a legitimidade de nossa existência tem a ver com ser congruente, isto é, saber nos escutarmos, compreender-nos e aceitar quem somos. Sentir o que se passa em nós, experimentar ser você e tomar conhecimento de si são pré-requisitos para se comunicar com o mundo autenticamente. Afora isso se é uma farsa, uma máscara que se gruda ao rosto e inibe a face, uma pseudopessoa, um falso *self*.

E como não findar sem a voz de Fernando Pessoa a ecoar em meus ouvidos, por meio dos versos do poema "Eu, eu mesmo...".

Eu, cheio de todos os cansaços
Quantos o mundo pode dar.

Eu...
Afinal tudo, porque tudo é eu,
E até as estrelas, ao que parece,
Me saíram da algibeira para deslumbrar crianças...
Que crianças não sei...
Eu...
Imperfeito? Incógnito? Divino?
Não sei...
Eu...
Tive um passado? Sem dúvida...
Tenho um presente? Sem dúvida...
Terei um futuro? Sem dúvida...
A vida que pare de aqui a pouco...

Mas eu, eu...
Eu sou eu,
Eu fico eu,
Eu...

 Por isso, peço: deixem-me de vez em quando quieto no meu canto, sossegado. Não estou triste nem ensimesmado. Apenas pensando. Conhecendo-me. Conversando com meu mais fiel e solidário amigo: eu mesmo

o hoje e o amanhã

A expressão latina *carpe diem* é comumente conhecida como aproveite o dia. Literalmente *carpe* significa desfiar, colher, extrair, gozar. Vem de *carpe* o verbo carpir (extrair, capinar).

Carpe diem é um termo em latim que nos foi legado pelo poeta satírico romano Horácio de sua ode nº 11 (ode a Leucónoe) do livro 1 das *Odes*. Lá encontramos a seguinte sentença: *carpe diem quam minimum credula postero*, ou seja, "colhe o hoje e preocupa-te o menos possível com o amanhã". Embora esteja claro o que quis dizer o poeta, discordarei um pouco dessa relação diametralmente oposta entre o hoje e o amanhã, isto é, de um hoje hipervalorizado e um amanhã hiperdesprestigiado.

Não confiar no futuro e retirar, do presente, todas as suas energias dá-nos a falsa primeira impressão de que a vida não pode ser economizada para o amanhã, como se, no amanhã, todos os frutos hoje maduros estivessem podres. Não é bem assim. Excesso de futuro compromete o viver no presente, assim como se manter preso eternamente ao passado gera depressão. É necessário saber harmonizar a convivência existencial e factual da temporalidade tripartida em passado, presente e futuro. Somos, ao mesmo tempo, os três tempos. Atenho-me ao escritor e dramaturgo Oscar Wilde quando disse que *cada homem é, em cada instante, tudo o que foi e tudo o que ser*á. Sim, só podemos perceber o tempo, como já afirmava Santo Agostinho, quando ele transcorre, isto é, no instante presente. Dentro da visão agostiniana, o futuro é onde os fatos que hoje vivenciamos serão passados. Eu diria até mais: é no presente que plantamos muito das raízes arbóreas dos frutos que amanhã colheremos. Vivemos, assim, em um dilema entre usufruir o instante ou zelar pelo amanhã.

Venhamos e convenhamos, se *carpe diem* é aproveitar o dia e se, depois desse dia, houver o dia seguinte e, depois deste, o vindouro — e assim sucessivamente por um bom tempo indefinido em seu inevitável término — , o *carpe diem* de hoje é semente para o *carpe diem* subsequente. É pertinente não deixar para depois (futuro) o que podemos fazer agora (presente), mas também devemos cuidar para dar condições de fazer amanhã o que não podemos fazer hoje. Exemplo: se uma pessoa ganha R$ 5.000,00 para viver a vida e gasta todo o seu rendimento mensal com boates, jantares e roupas de grife poderá não realizar seu sonho de viajar pelo mundo como mochileira. Para realizar tal desejo mediato é preciso renunciar a alguns prazeres imediatos. Não é necessário abdicar totalmente do presente, porém encontrar um meio-termo entre os prazeres imediatos (curto prazo) e mediatos (longo prazo), como frequentar menos as boates, espaçar os jantares e não comprar tantas roupas mensalmente (porém bimensalmente ou, até, trimestralmente. Afinal, por que comprar um jeans diesel todo mês?). Assim a pessoa gastará algo como R$ 3.500,00 ao mês e guardará R$ 1.500,00 todo mês. De grão em grão a galinha enche o papo. Daqui a algum tempo haverá reserva financeira suficiente para bancar a aventura mochileira, sem renunciar a boates, jantares e roupas.

Hedonismo x eudaimonismo. No hedonismo (do grego arcaico "prazer"), o prazer é o bem supremo da vida humana, o caminho para se atingir a felicidade. No eudaimonismo (*eu daímõn*, em grego, significa "bom espírito") a felicidade é um objetivo, uma finalidade. Escreveu Aristóteles: *a felicidade é um princípio; é para alcançá-la que realizamos todos os outros atos; ela é exatamente o gênio de nossas motivações*. O hedonismo prega o valor imediato, enquanto o eudaimonismo propõe perseguir a felicidade no amanhã, a partir dos atos que fazemos hoje. No hedonismo, busca-se ceder ao imperativo dos desejos. Na eudaimonia, busca-se escolher os desejos que deverão ser satisfeitos.

Sabemos, a contragosto, da brevidade da vida. Cabe-nos, em parte, melhor escolher entre "mais vida em nossos dias" ou "mais dias em nossas vidas". Ainda creio que a mais sábia escolha é o caminho do meio. É uma questão existencial de conciliar quantidade com qualidade. Prefiro uma maior qualidade com maior quantidade do que muita qualidade com pouca quantidade. Uma qualidade bem dosada dura mais tempo

uma ovelha desgarrada do rebanho

Não é fácil ser singular, embora seja através da singularidade que nos tornamos distintos, particulares e únicos. Não é nada fácil ser singular, pois significa viver a existência de maneira una, como mais nenhum outro. Realmente não deve ser assim tão simples ser singular. E por que será, já que a singularidade, por ser fundada na interioridade, faz-nos ser o que deveras somos? Talvez porque em um mundo social onde indivíduos parecem ser produzidos como em série seja difícil ser singular. Em uma sociedade cada vez mais tecnológica, o ser humano vai se coisificando e, assim, transformando-se naquilo que Marcuse denominou de *homem unidimensional*, isto é, consumista, conformista e acrítico. Ao impor seus padrões às pessoas, a sociedade capitalista e consumista nivela-os, tornando-os quase iguais. O pensamento único predomina nas consciências humanas. Exemplo melhor disso é a moda e os modismos. Marcuse, à sua época, tinha uma visão sombria do homem contemporâneo que se formava então. Hoje, sombrio é pouco. Vivemos em tempos de nevoeiros mentais e de brumas criativas. A safra é parca.

Ousar ser si mesmo, separar-se da multidão. Kierkegaard falava do *eterno zero*, isto é, do homem resignado que se inclina a se assemelhar a tantos que apenas seguem o curso "normal" das coisas, imprecupados de se distinguir uns dos outros. É muito mais simples deixar-se levar pela maré; ser — como diz o filósofo —, uma imitação servil. A doença mortal pela qual corremos o risco de sermos acometidos é a de desaparecermos enquanto sujeitos no meio do rebanho e da manada. O distanciamento em relação a nós mesmos em prol da dissolução na multidão não nos parece mais uma ameaça possível, mas sim um acontecimento já em cena há algum tempo. Pobres de espírito, sedentários mentais, apáticos e limitados, o homem dos dias atuais, em sua enorme maioria, carece de originalidade.

Em tempos igualitários e massificados, ser singular é ser diferente. Tomar atitudes que ninguém toma e escolher percorrer caminhos virgens ou pouco pisados, é ter — como diz o ensaísta e poeta Agostinho da Silva — *a coragem de ser cão entre as ovelhas*. É preciso ter raça para não se adequar e não ser menos do que se é ou do que se pode ser. Pensar diferenciado pode ter lá seu preço. Pensar por si mesmo, ser um sujeito-crítico, dizer não à antropofagia reinante em uma sociedade pós-moderna que a tudo devora, resistir à dominação ideológica, é ser um indivíduo verdadeiramente individual no sentido de sua especificidade singular, peculiaridade, idiossincrasia e potência criativa.

Pela ótica acadêmica muito se discute entre ser um sujeito autônomo ou ser um indivíduo descartável. Evitando alongar sobre tal embate, podemos resumir que, para ser um sujeito autônomo, é necessário se interrogar. O próprio termo autonomia é definido como a capacidade de autogovernar-se e autodeterminar-se. Um sujeito autônomo, pois, é aquele que gere, com liberdade, sua vida e efetua conscientemente suas escolhas. O escritor português Vergílio Ferreira, inclusive, é contundente ao dizer que se deve dizer não à liberdade que é oferecida, afinal a liberdade de uma pessoa não passa pelo decreto arbitrário dos outros. E continua afirmando que é preciso dizer não à igualdade, quando ela nos nivela pelo mais baixo que existe em nós (e não pelo mais alto que, igualmente, existe). E conclui que *é do não ao que te limita e degrada que tu hás-de construir o sim da tua dignidade*.

E por que tantos de nós queremos ser tão iguais? Se todos fôssemos iguais não haveria cada pessoa, cada indivíduo, cada personalidade, cada subjetividade. Muitos querem se parecer com a maioria, talvez para se sentirem aceitos, pseudo ou supostamente aceitos, porque, se assim for, a pessoa seria aceita ou amada por aquilo que ela aparenta ser — e não pelo que ela realmente é. Mas é tão difícil ser quem você realmente é. Parece ser mais fácil esconder-se por detrás de padrões socialmente valorizados, embora isso possa, no médio e no longo prazos, cobrar seu preço, o preço de ser inautêntico. Ser-si-mesmo, ter sua maneira peculiar de ser e de existir é renunciar à convocação que nos fazem de ser qualquer um do outro, isto é, ser como os outros são ou como os outros querem que sejamos. Mesmo que façamos parte de uma coletividade, somos, acima de tudo, uma pessoa; não uma impessoalidade amorfa mesclada a uma multidão, amálgama de um rosto único.

O romancista e crítico literário Paul Bourget já dizia que *é preciso viver como se pensa, caso contrário se acabará por pensar como se tem vivido*. Ser autêntico também acaba sendo uma certa luta interna consigo próprio, afinal os ensinamentos emitidos por nossos pais, professores, família, mídia, comunidade e o mundo ao redor acham-se entranhados em nossas mentes desde há muito tempo. O "eu interior" muitas vezes é uma imagem construída cheia de convenções, ilusões, fantasias e cobranças. O falso *self* de que tanto nos fala o psicanalista Donald Winnicott é uma espécie de segunda pele a nos encobrir. O verdadeiro *self*, ou seja, a nossa essência autêntica, é um potencial — que necessita se transformar em ato, ação e vivência.

A história do patinho feio, dos contos infantis, é bastante conhecida. O patinho é feio não porque ele seja, de fato, feio; mas sim porque ele não é igual aos demais — na verdade sequer era um pato, mas sim, um cisne. A mentalidade do conjunto de pessoas que compõem o que chamamos de maioria geralmente tem dificuldade de aceitar e lidar com o diferente e com a diferença. O singular — aquilo que se distancia do plural — frequentemente incomoda.

A questão dedicada a tentar responder "como" e "até que ponto" as forças sociais moldam a subjetividade individual é ampla e profunda. Sequer caberia em um espaço de livro volumoso, quanto mais em um estreito espaço de artigo ou ensaio. Fica, pois, aqui, o alerta a se pensar sobre a conformidade frente às pressões sociais. Uma pessoa em conformidade acrítica é uma pessoa desindividualizada, no sentido de massificada. Um indivíduo propriamente dito, com ideias e gostos próprios e, nesse sentido (*stricto sensu*), autônomo, não é caracterizado pelo que faz, mas sim pelo que pensa e pelo que ele é. Forças inconscientes ao ego consciente — não somente de ordem instintual ou pulsional — estão a serviço de processos sociais de estandardização de corações e mentes. Paranoias à parte, comungamos com o filósofo Theodor Adorno, no tocante ao fato de que o sujeito psicológico condicionado e massificado pela sociedade se torna coisa, ao se dissolver, sem perceber, na maquinaria da produção social, transformando-se assim em indivíduo esvaziado de verdadeira individualidade e valores.

Ou, como disse o poeta Fernando Pessoa, *quanto mais diferente de mim alguém é, mais real me parece, porque menos depende da minha subjetividade*. E o oposto também pode ser verdadeiro

as erínias

As divindades da Antiguidade não morreram. Ao menos no interior escuro das almas humanas. Menos divinos do que parecem, os deuses gregos (e seus correlatos romanos) se perpetuaram na humanidade por representarem os anseios e receios, desejos e temores da nossa natureza ou essência humanas. Por isso, os panteões dos nossos ancestrais antediluvianos são cheios de deidades que amam, invejam, odeiam e têm ciúmes e raivas. E, dentre as raivas mais coléricas, violentas e impiedosas têm-se as fúrias.

As Fúrias da mitologia romana são as Erínias da mitologia grega. E quem são as Erínias ou as Fúrias? São três irmãs que, no imaginário do passado, personificavam a vingança. Se, no conjunto mítico dos longínquos antepassados dos nossos mais distantes avós, Nêmesis era a deusa que punia os deuses, quem nos punia (meros mortais humanos) eram as Erínias filhas de Nix (a deusa da noite); portanto, são divindades cosmogônicas, ou seja, que estão na origem do universo e são anteriores a Zeus (que representava o mantenedor da ordem e da justiça). Isso talvez explique por que a justiça das Erínias seja tão brutalmente severa, marcada apenas e tão somente pelo sedento sangue da forra e da vindita. Não é à toa que elas eram chamadas de "deusas infernais" e eram muitas vezes retratadas como mulheres aladas com asas de morcego e cabelos de serpente. De seus olhos escorriam sangue, em vez de lágrimas. Empunhavam chicotes e estavam sempre atrás dos infratores morais e dos desviantes das convenções e dos formalismos. Ai de quem fosse vítima de suas vinganças e castigos!

> *Eram três as irmãs, a saber:*
> *Alecto, a implacável;*
> *Megera, a ciumenta, a invejosa e a rancora;*
> *Tisífone, a vingadora.*

As três eram inseparavelmente juntas, enquanto Alecto espalhava maldições e insultos, Megera se encarregava de castigar e perseguir. E Tisífone, por sua vez, golpeava e açoitava. Todos tinham medo delas e fugiam de seus olhares escarlates e de suas bocas sedentas de sangue. Não havia (ou não há) nelas qualquer clemência, tolerância ou misericórdia. Atenuantes, complacências e compreensões são palavras que não estavam (ou estão) nos seus vocabulários de desafrontas e revides.

Em *Teogonia: a origem dos deuses* do poeta grego Hesíodo, que viveu entre 750 a.C. – 650 a.C., as Erínias são originárias do sangue de Urano sobre Gaia, quando este é castrado por Cronos. Para Hesíodo, enquanto das espumas do mar (do esperma de Urano) brota Afrodite (deusa do amor e da beleza), do sangue jorrado sobre a terra brotam as Erínias. Escreveu Hesíodo:

> *as Erínias vêm do sangue que se derruba no chão como Afrodite vem do esperma que docemente boia no Mar. As Erínias vingadoras de todas as transgressões têm uma natureza ctônica e próxima da Terra tanto quanto Afrodite cheia de sorrisos e de enganos tem a natureza mutável e manhosa como a do Mar.*

Por esse ângulo interpretativo percebe-se a gemelidade entre Afrodite e as Erínias, sendo elas representantes dos dois lados de uma mesma moeda.

Divindades à parte, as Erínias representam as forças atávicas da natureza, da qual nós humanos fazemos parte. Ainda bem que os deuses greco-romanos desapareceram no céu estelar das divindades eternas. Porém, quem disse que os deuses eram deuses ou astronautas? Não, decididamente os deuses de antanho não eram deuses, mas sim projeções de nossas aspirações divinas. E assim narrava Fernando Pessoa: *adoramos a perfeição porque não a podemos ter; repugna-la-íamos se a tivéssemos. O perfeito é desumano, porque o humano é imperfeito*

adeus, meninos

Em meados da década passada escrevi estes versos iniciais do poema que titulei *Enquanto leio Kerouac*:

> *A vida continua indo, amor*
> *enquanto leio Kerouac*
> *ou assisto filmes na televisão*
> *esperando o salário ao final do mês.*

Aproximava-me assim do derradeiro ciclo da vida com resquícios dos meus ímpetos e arroubos juvenis. Trazia na edificação do meu ser esse afã e entusiasmo por querer andar pela existência, explorando avidamente o mundo e seus inúmeros horizontes. Perambulei por ali e acolá no alvoroço daqueles que querem viver intensamente e morrer jovens.

Sim, vivi intensamente, embora bem menos que minhas ambições utópicas, e não morri jovem. E agora? O que fazer do que sobrou de mim e dos meus tantos sonhos inconsumados? Roberto Carlos já entoava que *além do horizonte deve ter/ algum lugar bonito pra viver em paz*. Mas que horizonte é esse? — logo eu que atravessei fronteiras e limiares e não encontrei esse tal de lugar "bonito para se viver em paz".

Hoje, nos umbrais da velhice recém-chegada, entendi o que disse o poeta espanhol Antonio Machado, ao versar que: *caminhante, não há caminho, se faz caminho ao andar*. Sim, como expõe o poema *Cantares*, são as nossas pegadas o caminho — e nada mais. E tudo, tudo mesmo, estava ali tão perto de mim e nos entremeios dos meus livros, músicas, filmes, cenários e paisagens, quase imperceptíveis em virtude dos meus alumbramentos pelo brilho indiferente das estrelas. Cantou Elis Regina:

> *vi tanta areia, andei/ na lua cheia eu sei/ uma saudade imensa/ vagando em verso eu vim [...] Já me fiz a guerra por não saber/ que a terra encerra o meu bem-querer/ e jamais termina meu caminhar/ só o amor me ensina onde vou chegar/ por onde for quero ser seu par.*

Talvez por isso continuei, no meu poema lá em cima, intuindo:

> *A vida continua indo, amor*
> *sem mim*
> *sem você*
> *sem ninguém*
> *afinal é próprio da vida se ir*
> *deixando aqui sempre nós*
> *ou lendo livros ou vendo filmes*
> *no aguardo do próximo final de mês*

Não foi o próximo mês que me chegou. Foram os próximos e derradeiros anos que espero ainda alcançar. Será que seis décadas coisa alguma me ensinaram? Foram apenas anos de subsistências e nada mais? Eu, justamente eu, que, como cantava Lílian Knapp, *sou rebelde/ porque o mundo quis assim*. Não, minhas tamanhas insurgências e amotinamentos não me foram vãos. Não me tornei idoso pra cansar. Tornei-me mais velho, culto e literato para me preparar para a mais fascinante das revoluções: a inovação de mim.

Durante decênios busquei assanhadamente ser feliz. Encontrei instantes alegres e aprazíveis, momentos doces e fortunados. Tive meus átimos de certa felicidade, mas igualmente períodos de infelicidade. Felicidade não é um lugar, pois a vida é cheia de paragens e vacuidades. Desisti, pois, de procurar ser feliz. Transformado pela impossibilidade de locar meus tantos e incontáveis desejos, passei, então, a buscar ser tranquilo. E hoje, quanto mais tranquilo me encontro, mais me sinto feliz. Talvez a felicidade não seja um fim, em si mesma, mas uma consequência de uma alma menos desassossegada. Bem sabia, milenarmente, o grego Epicuro, que entendeu que *nada é suficiente para quem o suficiente é pouco*. E, assim como ele, afastei-me do frêmito agitado das ruas, da inutilidade das conversações inúteis e do ruído ganancioso de quem busca glórias e louros ou apenas sobreviver sob o sombrear da subserviência e do medo.

Recolher-se não é afastar-se. Ao habitar a vida que me cerca não me insulei do continente das metrópoles e dos mercados. Embora transite menos nas calçadas agitadas e nas arenas das batalhas dos novos Polinices e Etéocles[15], percorro-as com olhares de visitante, contemplando seus panoramas e seus vincos, sorvendo o máximo que puder desse deslumbrante espetáculo da vida.

Por muito e bastante tempo andarilhei por veredas do mundo na sofreguidão de viver. Agora que me sosseguei no jardim das minhas metragens, existo saboreando a passagem suave dos minutos, a lentidão iluminada dos segundos e o sussurro murmurante das horas undécimas. Despeço-me, pois, dos sentimentos externos, para aceitar, plácido, o fluir da vida; pois, assim como Sêneca, para mim *cada dia tem a duração de uma vida inteira*.

Hoje já não espero salário ao final do mês

---

15 Segundo a mitologia grega, Polinices e Etéocles são filhos de Édipo e Jocasta, e irmãos de Antígona.

poemas

romaria dos desvalidos

No fundo escuro das gavetas e dos armários
as meias esquecidas não nos olham

Por detrás das nuvens
da lua dos planetas das estrelas
deuses moucos se distraem
em magníficas catedrais de espelhos
e não rezam por nós

Nos túmulos os mortos não lembram de nós
nem os relógios sabem do tempo
e os baobás a idade que têm

As formigas não sentem saudade dos ovos
as flores não conhecem sua beleza
as bactérias não medem seus tamanhos
e frutas não fungam apodrecimentos

As andorinhas não conhecem bússolas
os arrecifes umedecidos não notam as ondas
os lobos não dialogam com a lua
nem ela sabe ouvir trovas ou ler poesia

Somos amontoados de carnes que sonham
peregrinando juntos no dedilhar dos terços
sob um imenso céu sem sol de meio-dia

Aliquem,
ora pro nobis

por detrás dos vidros

Penso-me protegido
por detrás das vidraças das minhas janelas
aqui onde ventos não me assanham cabelos
nem o frio das ruas arrepia-me a pele.

Como se nada me atingisse
vou-me iludindo de infinitudes
e são tantos e tantos os intermináveis dias
que haverei um dia de romper
os limites quebradiços dos meus espelhos
ou sucumbir sufocado de infância e eternidade.

Engordo-me em armaduras de cristais
sem saciar nenhuma fome ou sede
e enorme vou ficando de tão cheio
das imensidões das lembranças inapagáveis.

Quisera como por um breve instante
passageiro e repentino até
poder deixar de ser eu e minhas inquietudes
e respirar sem o abafado cansante das interioridades.

Gostaria que assim liberto de mim
dissolver-me líquido e lento
como esta furtiva lágrima
que me escorre a face e ninguém vê
nem mesmo a mulher que me dorme ao lado

dormez-vous

Quando eu estiver velho
velho de não mais voltar
quero ouvir a voz de minha mãe
cantando cantigas em francês
cantigas pra eu ninar

Quando meus retratos
forem mais desusados do que eu
e de minhas mãos murchadas
não mais brotarem versos como estes
quero o rosto de minha mãe
a me olhar cuidante
no infinito velar do sono final

Quando nada mais restar
amigos, mulher nem filhos
quero a maciez do colo de minha mãe
na paisagem distante de uma praia deserta
sossegada, serena e calma
ali por onde o tempo não passa
e lá aonde vou então poder de vez
                    virar areia

Quando estiver velho
velho mas velho mesmo
quero de novo minha mãe
cantando cantigas em francês
cantigas pra eu ninar

ave urbana

Ameaçou um canto
que era mais que um canto:
era um grito

Empinou o bico
com inútil arrogância,
agitando as penas
como se fosse feliz

Olhou o mundo
que flutua por trás da janela,
abriu as asas
um tanto desacostumado
e num último arrebatamento
chocou-se entre as grades

Resignado,
recolheu-se ao seu canto habitual
e, fechando as asas e os olhos,
sonhou grandes voos

poema de amor ao contrário

Não quero te ver envelhecer ao meu lado
não te escolhi para te perder
prefiro a permanência do breve instante
que a longevidade prometida das minhas ausências

não quero que me vejas envelhecer ao teu lado
nem que chores em meu túmulo molhado
fiquemos juntos, pois, neste retrato
e que seja hoje sempre sem nenhum amanhã

de que adianta filhos e casa
se tudo ao futuro deixaremos
que nos agarremos um ao outro no presente
este imenso inchaço infértil de transitoriedades

não te quero nem me quero
em lembranças e memórias
desejo-te agora como és e serás
plena suave e morna assim
como assim é toda e qualquer eternidade

as mangas de Santo Amaro

*Somos feitos da mesma matéria
de que são feitos os sonhos*
William Shakespeare

Detesto velórios, mas
gosto de visitar cemitérios

Ali tudo é tão calmo
como os mortos
e o tempo passeia sem pressa
pelas alamedas arborizadas
de jambeiros, oiteiros e mangueiras
onde comecei a perder a infância
no Cemitério de Santo Amaro

São tantos os túmulos e gavetas
alguns de mármore uns de granito
outros de chão e vários amontoados

Há os adornados e os humildes
os lembrados e os esquecidos
os conhecidos e os anônimos
os santificados e os hereges
os floridos e os apagados
e todos sobrevivem aos seus domiciliados

Quando morrer
meus sonhos virarão pó
e se transmutarão em seiva
a alimentar as veias das árvores
e o ovário dos frutos vindouros

Quando morrer
vou virar manga

solitude inanimada

No sofá
os óculos esquecidos me olham
e gritam abandonados
no absurdo medo das coisas mortas

sonhos de curumim

De manhã quando broto
deixo o melhor de mim em meus sonhos

Acordado sou pálido reflexo
do menino que o homem acompanha
e nem sei se a noite
ao rever-me em reverso
estarei ali
a espreitar-me sonhoso
no apagar das minhas ilusões

Quem conhecerá o choro da criança?

Quem me vê assim crescido
pouco ou nada sabe de mim
não sou bandido não sou herói
nem demônio nem anjo
não sou felino mas sou ferido

Escondido sou invisível
apenas me sei enquanto durmo
no lugar dos meus ontens
onde sonha o menino sonhos de adulto
neste rosto que me expõe
além do mar revolto e agitado
em que me afogo diariamente
no amanhecer em que levanto

Quem enxugará as lágrimas do menino?

Amanhã retornarei
para um dia não mais retornar
e aí, então, meu menino
liberto enfim de mim
seguirá seu feliz destino
e não precisará mais dormir
para sonhar sempre comigo

nas horas undécimas

São nas undécimas horas
quando as tardes iniciam seu cerimonial de despedida
que todos meus perdidos se reavivam
no distante palco da minha memória

São tantos os que me abandonaram
são tantos os que abandonei
e inteiros perambulam entre refugos de esquecimentos
a me lembrar que um dia suas presenças
urdiram os fios entrelaçados deste meu tecido

Tenho medo de baratas e de gatos pretos
até de papa-figo e papangus
porém não temo fantasmas ou assombrações
pois em mim habita um vasto cemitério,
de insepultos que teimam não desaparecer,
enquanto ainda houver o contemplar interno
nas horas das minhas horas undécimas

(des)encontros

Nada acontece por acaso
nem o acaso

Se não te percebi do outro lado da calçada
é porque nasci torto e inclinado a olhar o oposto.

Se não te vi sentada na mesa em frente
é porque tenho mania de me sentar de costas

Se não te encontrei ali
é porque eu estava aqui

Se não nos esbarramos ou nos tropeçamos
é porque ando constantemente atrasado
ou um segundo adiantado

Se não te conheci na festa
é porque naquele dia estava acamado

Se nunca fomos apresentados
é porque teus amigos não são meus amigos

Quando passaste à porta
eu me encontrava à janela
Quando passaste à janela
eu me achava fechando a porta

Quando entrei na rua
tu dobravas a esquina
Quando dobrei a esquina
tu entravas na loja

Quando passavas na faixa de pedestre
eu vislumbrava o semáforo
Quando enxerguei a faixa de pedestres
tu já tinhas ido embora

Quando finalmente me viste
eu amarrava os sapatos
Quanto enfim te vi
tu olhavas as vitrines

Se hoje vivemos outros amores
e somos felizes com netos e filhos
foi porque nosso destino
estava escrito nas estrelas erradas

Nada acontece por acaso
nem o acaso

santuário de ossos

Por trás da porta
entre escapulários cruzes santos
e relicários de uma civilização remota
uma romaria de almas desalojadas
peregrinam orando pelos sobreviventes
que dormem o sono justo
dos novos Lázaros ressuscitados

glória Patri et Fílio et Spirítui Sancto

Ali no tempo congelado
na eternidade dos passados
uma multidão de anjos consagrados
rezam contas terços e rosários
exalando a olência das rosas
no hospedar afável dos seus afetos

fiat voluntas tua, sicut in caelo, et in terra

Nesse quarto ungido de deuses
onde a morte se fez vida
os vivos agradecem aos mortos
perdoando-lhes todos os pecados

ora pro nobis, sancta Dei Génetrix

Aqui fora no agitado das ruas
pessoas em sonhos calados
se ocupam do pão de cada dia
alheias às ladainhas e cantilenas
sob o olhar da janela acima
que lhes protege o mundo

benedictus fructus ventris tui
amen

no pós-amanhã de hoje, ou como dizia Pessoa

Depois de amanhã quando não tiver mais amanhã
vou fazer tudo o que não fiz ontem

Irei amar quem cansou de me esperar
visitar aquela tia que já morreu
brincar com as crianças que cresceram
e colher os frutos das árvores que não plantei

Deixarei de pensar no minuto após
da hora subsequente do dia seguinte
apanharei somente o necessário
e me esvaziarei das demasias e dos excedentes

Vou superar o guardião e abrir a porta
passar para o outro lado do lado de cá
atravessar espelhos e seguir o coelho
e mergulhar nas lágrimas do lago que criei

Irei fazer então tudo ao contrário
andar de costas e olhar de frente
namorar as mulheres que não namorei
e apenas me casar com a que casei

Vou surfar na Austrália
meditar no Himalaia
tomar mojito em Havana
logo após escalar o Everest

Irei beber o leite que não derramei
desmagoar quem magoei
ser pai dos filhos que não tive
e jamais me aposentar barnabé

Depois de amanhã quando não tiver mais amanhã
vou ser quem hoje sou e mais além

poemas irrevelados

Quisera que meus filhos me lessem
mas eles não leem livros

Quisera que minha companheira me escutasse
mas ela só ouve sermões e missas

Quisera que meu melhor amigo me sentisse
mas não tenho amigos verdadeiros

Quisera que um leitor me tivesse às mãos
mas ele não sabe onde me encontrar

Quisera que meus pais e irmãos me folheassem
mas sou órfão cedo e filho único

Quisera que meus netos me soubessem
mas eles ainda não foram alfabetizados

Faço poemas porque a Poesia existe
para mim, por enquanto

a nudez das palavras

Os homens se comunicam
os humanos não

Quando alguém diz algo
outro acena a cabeça
fingindo compreender

Cobrimos coisas e objetos com palavras
mas como se pode vestir a beleza
o espanto ou os assombramentos?

Como tu podes perceber
o encantamento que teus olhos causam,
se teus olhos não se enxergam com os meus?

Qual o sentido de um sim
se o cenho está cerrado
e os braços cruzados
ou dizer até breve se não sei
se ainda vamos nos ver?

Alguma coisa sempre se perde
ou se transforma
entre a boca e o ouvido

Não é porque um bebê
desconhece a palavra medo
que ele não sinta medo
sozinho em um quarto escuro

Não é porque um iletrado
ignore o vocábulo fascínio
que deixará de se deslumbrar
com a luz da lua se banhando
nas águas escuras dos oceanos

Quando te digo
que vi um pássaro pousado
em um galho de árvore
tu só ouvirás a imagem
de um pássaro pousado
em um galho de árvore
mas não o que senti ao ver

Sentimentos não têm palavras
somente breviários ou resumos

Por isso
prefiro o silêncio dos diálogos
a mudez dos gestos
o desnudar dos toques
e o intervalo sossegado e vazio
das frases e dos parágrafos

As palavras foram feitas apenas
para exprimirem o inexprimível

canção para uma sempre menina
(por ocasião dos quinze anos da minha filha Camila)

Quando não mais houver brinquedos,
e os ursinhos de pelúcia e as bonecas
apenas enfeitarem teu quarto
já tão coberto de retratos que não os meus;

Quando sobre tua cômoda
habitarem batons, estojos, rímel e perfumes
e nos espelhos procurares
o teu mais belo e perfeito perfil;

Quando substituíres os lápis
(com que desenhavas em rabiscos coloridos
tantas casas, jardins, céus, famílias...)
por outros que contornem tua boca e teus olhos;

Quando as roupas forem para ti
muito mais do que somente vestimentas
e o corpo não mais couber
nos teus hoje saudosos enxovais infantis;

Quando não mais tiveres medo de escuros
ou sozinha puderes suportar qualquer ausência.
pois em teus sonhos já não mais existem
bruxas, duendes, gnomos e bichos-papões;

É que te chegou o (in)esperado dia
em que se chega ao dia
do início dos teus próximos
quinze anos

Helena

Não
não foi teu corpo vazio de vida
que enterraram naquele cemitério
tão distante da casa em que te conheci

Lá ainda menino e sem saber
que crescer é modelar-se de mágoas e perdas
não havia neste teu rosto enrugado e disforme
os arranhões e esfoladuras feitos em ti
pelo cerzir afiado e cruel das unhas do tempo

Não
não restava nada
exceto as flores compradas às dúzias
e um amontoado de moscas zumbindo
Insistindo em te dar o derradeiro beijo

Não
não havia mais tu naquele corpo
e nem enterraram tuas tardes sossegadas
(algo se arrancou de mim feito um desmancho
e nem eu nem ninguém podia fazer nada)

É escuro e é noite lá fora

Na solitude do quarto
sem esposa, filhos ou amantes
nem o barulho dos carros
o latido dos cachorros e a televisão ligada
me são agora companhia
Insone espero o amanhecer do próximo dia

Talvez amanhã volte a reencontrar
a claridade do sol e as minhas ilusões
porém percebo que não mais serei o mesmo
e que somos sempre sós e abandonados
assim como esta noite que me envolve
de sombrações e fantasmas

Será que um dia alguém escreverá
um poema intitulado Joaquim?

o tempo & a memória

Trago de nascença
essa coisa incurável
chamada infância.

Disseram-me que foi feita de anos
mas apenas restaram
alguns vários minutos espaçados
daquela recuada inacabável história.

Não lembro do que almocei ou jantei
em 08 de março dos meus cinco anos
nem o que fiz nos dias seguintes
das semanas vizinhas dos meses subsequentes
do Natal em que ganhei meu primeiro autorama.

Revivo, contudo, que estava de bicicleta
no Parque Treze de Maio
quando ouvi pelo rádio
que o homem tinha chegado à Lua
mas não recordo como ali cheguei
sequer se saí de lá
      Talvez ainda esteja no parque
        menino sonhando com as estrelas.

Que serventia têm os anos
se o que deles fica são minutos?
De que adianta esta vida inteira
se até seu breviário irá desaparecer
no apagar das minhas sinapses?

cemitério das nuvens

Nunca consegui acompanhar o findar das nuvens
e o ocultar dos seus desvanecimentos.

Desde garoto contemplo
o suave esbranquiçado dos seus movimentos
a pincelar desenhos formas e rostos
como algodões a desinfetar o céu
pigmentando minha alma de azuis.

Não é a vida que passa ou muda
são as nuvens que se transmutam em nuvens
no bailar infindável e irrepetível de suas liquefações.

? Para onde vão as nuvens e meu menino
onde meus olhos fatigados não alcançam
além dos horizontes negados às mãos

? O que há no mar a seguir deste em que navegam
sem peso ou gravidade que as segurem
no arrastar-se sobre o ventre da terra
em que habitam diminutos demais insetos

Quando chegar a hora do meu desaparecimento
quero ir para onde estão minhas perdidas nuvens
este secreto paraíso de inocências e ingenuidades

no céu de Ur

No nanossegundo em que vivo
sou eterno

Por não ter lembranças do dia em que nasci
sou eterno

Por haver nunca morrido em meus sonhos
sou eterno

        Mas quando o infindo em mim terminar
        vou para o céu da Mesopotâmia
        brincar no esconderijo das nuvens
        e brilhar como a mais recente supernova
        a iluminar a cidade dos homens
        por cinco bilhões de anos
        na noite em que serei eterno

299.792.458 m/s

Tenho pressa
Não tenho a calma dos quietos
nem a métrica certa dos versos definidos

Estou sempre um centímetro além
quando nele chego já estou atrasado
e um tanto caducado de mim

Vivo no depois do que penso
e quando falo já me encontro
um décimo de milésimo de segundo
distante um pouco mais de mim

Meu tempo é buliçoso e travesso
enquanto os pensamentos se deslocam
em movimentos caleidoscópicos
os gestos parecem andar ou correr
como se montados em patas de cágados e jabutis

Exprimo com a velocidade dos sons
Penso com a velocidade da luz

com amor, Joaquim

Quisera escrever uma carta
que sei jamais farei
para revelar murmurante
meus segredos mais miúdos.

Confesso,
espreito-te pelas frestas do cotidiano
(naquele dia
em outubro passado
sem que sequer desses conta
furtei de ti o olhar de entardecer
com que absorta miravas o céu
como quem cata
naturalmente
anjos).

Até mesmo
nos momentos dos teus banhos
tantas vezes escutei por detrás da porta
o teu adornar de essências e espumas
e invejei
(ah, deus sabe como invejei!)
a água que percorria acariciante
teu corpo como um amante
em abraços tão íntimos
e úmidos que jamais dei.

E assim
vão se tecendo minhas manhãs
sendo feitas
um pouco de mulher
e um tanto mais
de muito sonho.

Quisera te escrever esta carta
que sei, jamais farei

noturno nº 01

Há tanto convivo com tantas noites
que me creio muitas vezes
construído apenas de escuridão.

Minhas noites não são feitas
de vampiros, monstros ou fantasmas,
minhas noites são feitas de ausências e vazios
por onde percorro como um predador
a espreitar as nódoas cinzas de mim mesmo.

A única assombração que me assombra
é esta pálida sombra que reflito,
e que na claridade que me habita fora
desconhece-se dela qualquer indício.

Sou tão cheio de noites partidas do dia
que já nem sequer vejo minhas beiradas
e embotado sigo em meus mistérios
como quem inútil corta a obscuridade
com o fio cego de uma navalha gasta.

E lá no fim,
por detrás de todos meus silêncios tristes,
escuto a voz presa e frágil que me diz:
"estou cansado".

Quisera, pois, antes do instante
em que a noite não mais se encerra,
ver um dia, ao menos um dia,
o arder nos olhos da luminosidade amarela
do sol

puer aeternus

A vida passa
      A infância fica
           (de todos os meus perdidos
           somente ela me restou).

Dos tesouros de piratas
Que tanto procurei
Nas longínquas praias da imaginação
Trago em minhas mãos de hoje
Restos de areias
Incrustadas nas unhas roídas
De tempo e recordações.

O menino ainda brinca
Brincadeiras de adulto
Como se adulto fosse.
E rodopia e se joga e pula
Por sobre o chão dos minutos
Soterrados pelas horas
E encobertos pelos dias
Que não já existem mais.

A eternidade é feita de ontens
Por onde se esconde
Detrás das pilastras
Sofás armários e árvores
Esta andarilha criança
Cujos caminhos me trouxeram
Onde até aqui estou.

Em breve reencontrarei meu garoto
No preto e branco descolorido
Dos retratos que me esperam
E dos quais jamais
Ausentar-me-ei de novo

apenas às sextas-feiras

O mundo ainda pulsa próximo
diante da janela
e eu já desnudado dos outros
e dos óculos
me liquefaço em poesia e silêncio
na quietude morna dos móveis

Estou só
(ou quase só)
um tanto nostálgico de útero
e não há sequer o amor agitado das formigas
a me perturbar o sono
nem os mortos a me circular as veias

Há apenas o frágil e ocioso adejar
da mais recente mariposa
que me olha com medo ou desejo
enquanto a noite passa
como um seio em minha mão

o relógio que parou o tempo

O relógio de pulso suíço
de pulseira gasta
ano 1959
que sua mãe
guardou na viuvez do marido
era para ela um sentimento

Mas para o menino
ele é não mais que
um objeto esquecido
de um homem que deixou
de pensar nele

poema para Camila

Aproximo-me dos teus futuros anos
com sonhos de pai consumado
e lá adiante naquele instante
em que hoje for antigamente
não haverei jamais de esquecer
das tuas agora recentes queixas
no demandar dos gestos e afetos
que involuntariamente te soneguei

Não é porque te encolho o abraço
que já não te abrace tanto assim
pois embora haja a distância das mãos
são meus olhos que te tocam
diariamente
toda vez que te vejo ali
crescida, miúda e bela
onde meus desejos se transformaram
simplesmente em ti

Quando eu tiver então a tua idade
te amarei com mais jovialidade do que agora,
filha

casa de avó

Perenizei minha meninice
na casa da minha avó

Era imensa, enorme e profunda
como são todas as casas de avó

No andar de cima havia um sótão
onde se guardava um céu
e abaixo dele corredores longos
me levavam dos quartos ao infinito

Foi no seu quintal arenoso
que descobri o chão do mundo
minhocas gafanhotos e lagartas
enterrando lá tesouros
cujo mapa esqueci
nas entranhas fundas
de alguma gaveta qualquer

Hoje passando pela mesma rua
vejo a casa da minha avó
Imensa, enorme e profunda
olhando-me
com seus olhos arregalados de janelas
como se a me convidarem
para conhecer o céu dentro dela

to be or not to be

that is the question:
se eu não fosse eu
eu seria eu?

E se eu não fosse eu
quem seria eu?

* * *

Os insatisfeitos sonham
ser outra pessoa
mas se fossem outra pessoa
não sonhariam
o sonho de ser esta pessoa

* * *

Talvez sonhassem ser
a pessoa que sonham em não ser

o homem sentado no escuro

debruçado sobre suas vísceras,
medita,
enquanto a tarde e as bananas
apodrecem na fruteira
distantes do mar.
Seu rosto entre sombras
lembra um anjo barroco,
desses que habitam velhas igrejas,
e suas mãos
— tuas mãos — côncavas,
cheias de carícias inacabadas,
repousam nas pernas
como duas pombas entrelaçadas

(No escuro uma multidão
de olhos espreita,
mas não há gatos nem demônios,
apenas a solidão quieta dos móveis
e uma frenética muriçoca
que voa em círculos,
como uma moça
que despenca do trapézio)

o espiar do ontem

O que tu olhas menino
no fundo das tuas breves inocências?

Ainda não te habitam
os machucados de tuas perdas
que vêm depois do findar da candura,
quando o mundo desencantado
haverá de tirar de ti
qualquer resíduo de eternidade.

O que tu olhas menino
nestes teus olhos de mares verdes
até então um pouco desbotados?

Teus pecados infantes
e teus pequeninos segredos
ficarão imorredouramente trancafiados
no que resta do que ficou
deste agora tão longínquo retrato.

O que tu olhas menino?
serão os sonhos que ficaram para trás
fixamente permanentes neste lugar de ontem
que para ti é o hoje
de onde partem teus anseios
posteriormente não consumados?

O que tu olhas menino?
senão o filho que pariste com a vida
e que hoje lhe devolve o olhar
com saudade de quando carregava
um imenso céu por dentro de si?

tu

O que tem teu rosto
que me inquieta tanto
se nele vejo portas
muito mais que janelas?

Seria teu olhar acanhado
a encerrar labirínticos mistérios
ou tua boca com gosto de tanino
e suave sabor de pequenos pecados juvenis?
O que apenas sei
é que trazes em tuas mãos
aromas primaveris de colheitas
onde nascem trigos e pétalas
sob a limpidez de um céu sem nuvens
formado inteiramente de azul.
E de azul são feitos teus pés
que passeiam sem cerimônia
no atapetado dos meus sonhos
criando paisagens transbordantes de molduras.
Acaso fosses líquido
bastaria uma gota derramada tua
para apagar o fogo e o incêndio
desta febre que me dá
toda vez que te vejo nua

ciclos

Temos nove meses para nascer...
4.019 dias para viver a meninice...
doze anos ou mais para adolescer...
vinte, para chegar à meia-idade...
e o resto da vida para desaparecer

em algum planeta   no outro lado do universo

No topo do mundo
de sua varanda
alguém contempla
a cidade ao redor
e os outros prédios

Na frieza sossegada da madrugada
os brilhos amarelos e azulados
dos cômodos insones
auxiliam a inércia dos postes
a clarejar o escuro das ruas
e a afugentar vampiros

As janelas dos quartos acesos
dialogam caladas suas solidões
enquanto outros dormem submersos
na profundeza dos sonos sem sonhos

Os galos ainda não anunciam
o antecipar do dia
nem os cães ladram
o breve desaparecer da lua e das estrelas
apenas o caminhão do lixo que passa
recolhendo desejos das vidas humanas
(os lixões mais próximos
         são cemitérios onde se sepultam
         as intimidades e os segredos domésticos)

Em algum planeta
do outro lado do universo
alguém observa
o homem em sua varanda
a espiar a cidade e os outros prédios
solitário no topo do mundo

infância

Crianças adoram correr,
jogar de pega-pega e se esconder

Crianças gostam de velocípedes
bicicletas, patins e skates

Crianças brincam de voar
e mesmo sem asas vão além

Por isso a infância é ligeira,
tão rápida e tão passageira...

a arca das ilusões findas

Há relíquias em meio a algumas porcarias
que sua mãe lhe deixou:
objetos de um morto
que perderam a utilidade
sendo lixos de uma existência
há muito inexistente
(não há nada mais morto
que as peças sobreviventes de um morto)

Herdara esse baú
grávido de histórias findas
e nele habitam diminutas conquistas passageiras
tesouro quase inútil de uma genealogia inteira
(os vários riscados e arranhões
sobre o verniz da tampa gasta
     eram hieróglifos de uma extinta civilização
     como enigmas esperando decifrações)

Nessa bagagem de décadas
havia uma pequena caixa desferrolhada pelo tempo
onde habitavam suvenires
guardanapos de restaurantes
cinzeiros furtados de hotéis
alguns cartões natalinos e de aniversários
e cartas escritas em caligrafias arredondadas
um broche dois brincos e uma piteira usada
(memórias desencarnadas
de amores clandestinos
e antigas sobras de paixões interrompidas)

Devíamos respeitar a privacidade dos mortos
enterrando com eles seus afetivos objetos
segredos e mistérios

Recife ancestral

Do Recife dos meus pais
por pouco não peguei bondes
calcei sapatos de bico fino
usei chapéus de palha
ternos de linho branco
e vivi a Segunda Guerra Mundial

Quase ouvi novelas na rádio
dancei ao som de Glenn Miller
dirigi carros rabo-de-peixe
votei em Getulio Vargas
tomei sorvetes na rua da Aurora
foliei no Chantecler
e me apaixonei por Ava Gardner

Por um triz não me casei com Raimunda
não trabalhei na Tramways
estudei com Clóvis Beviláqua
coloquei pincenê no nariz
usei brilhantina nos cabelos
e me chamava Frutuoso

Faltou um tanto só
para tirar fotos no lambe-lambe
morar no bairro do Fundão
pescar piabas no Beberibe
comprar confeitos no mascate
ouvir músicas em vitrolas
e vestir fantasias de Pierrot
perfumadas de Rodouro

Se tivesse nascido anteontem
eu poderia ser hoje pai de mim

colored life

Não vim de sítios esverdeados
nem da aridez alaranjada dos sertões

Cresci de azul e sal do mar
em meio ao cinza dos prédios
e ao negro esmagado dos asfaltos

De rósea bastou-me a infância
e de vermelho, as paixões juvenis

Trago o roxo precoce dos adornos de velórios
o branco desmaiado da primeira eucaristia
e os dentes hoje amarelados de cigarros

* * *

Não há potes de ouro no fim do arco-íris

teus joelhos

confessam o ocultar dos mistérios.
No subir deles, além das dobras do vestido,
espreitam adocicados encantos perigosos

Como sereias teus joelhos convidam
entoando melodias silenciosas
que são feitiços disfarçados de promessas
arrastando a última sobra dos meus restantes desejos juvenis

Temo naufragar no oceano noturno das coxas
e desaparecer para sempre submerso
no inquietar quase morno das águas sem fundo
que sei que teus joelhos matreiramente revelam

Existem joelhos gostosos, sensuais,
outros tortos, redondos e dengosos,
mas teus joelhos são fronteiras entre
o que em ti se mostra e o que em ti se encobre

Acima dos curvilíneos joelhos e abaixo dos panos
omites dos meus olhos o palpitar da tua nudeza.
Que mulher deve habitar em teu secreto meio?
Quantos sonhos de homens deves devorar
com o alongamento dos teus joelhos?
Quisera eu com minhas insanas mãos
aproximar-me do portal das tuas incógnitas
e te tocar suave e macio, sem pressa,
começando ali onde tudo em ti começa:
nos teus joelhos que confessam o ocultar dos mistérios
Ah! se teus joelhos fossem feitos
para mim

pelo buraco da fechadura

Tenho nostalgia das minhas espinhas
e do temor dos fantasmas do sótão
da casa antiga da minha avó

Tenho banzo das aulas gazeadas
das algazarras das festas infantis
dos palhaços e leões de circo
da filha zambeta do zelador

Tenho saudade das revistas de mulher nua
das punhetas e das brochadas
do medo das gonorreias
e das calças lambuzadas nos bailes

Queria de volta o amor das fotonovelas
das trilhas sonoras de Bacharach
das lágrimas derramadas por Bambi
e do roçar do meu cotovelo naquele seio

Os anos formadores se perderam
quando dobrei a terceira esquina
a perseguir este amanhã de agora
em que remexo lembranças
bisbilhotando a memória por detrás da porta
pelo buraco estreito da fechadura

ilusão de ótica

As nuvens parecem coladas no céu
mas não estão

Eu pareço imóvel no chão
mas não estou

Da minha varanda
vejo as ondas surgirem próximas
dissolvendo-se na praia
e as árvores e os coqueiros balançarem
no acariciar afetuoso do vento

Olho o sol nascer em um horizonte
e depois mergulhar na noite que nos espera
enquanto me engano de eternidade
no extinguir de alguns neurônios
do pouco que ainda me resta

memória apagada

Disseram que nasci em 14 de novembro
no longínquo ano de 1956

Roubaram-me nove meses de ventre
e o tempo que ocupei nos sonhos da minha mãe

réquiem para um quase filho

Nem mais me lembro
do dia em que te levei
daquela maca branca do necrotério
onde te vi pela primeira
        e única vez

Repousavas ali
em teus sonhos interrompidos
cujo tempo se paralisou
como se nunca tivesse
nem ao menos existido

Tinhas nariz afilado
que nem o meu
Tinhas pequenos dedos
que não tocaram o mundo
e olhos que não conheceram
meu rosto nem a luz do sol

Repousavas ali
inerte e alheio a mim
e a tudo mais que te foi ausente

Este pequeno e diminuto pedaço
do que seria minha história
cochila pra sempre
sem CPF ou identidade
em um pedaço batido de chão
de uma várzea a que nem sequer sei mais chegar

Acaso continuasses
serias nomeado Tiago
e tu me chamarias de pai

... e a praia continuava lá

Meus pés novamente pisam
as areias cor-de-rosa
da praia do meu menino

Caminho sobre pegadas miúdas
rastros que se foram
arrastados pelo hálito dos ventos

O bravio das ondas
são amainadas pelos arrecifes
erguimentos legados de um deus
devorado pela gula insaciável de Cronos

Outras crianças brincam
construindo castelos de areia
em reinos que já foram meus

Das espumas do mar nasceu Afrodite
onde lá conheci meu primeiro amor
                              (não sabia que os deuses
                                podiam ser castrados)
Era quase pálida e sardenta
usava óculos fundo de garrafa
e tinha as madeixas laterais
sempre amarradas junto à cabeça

Ritinha
era assim que sua mãe lhe chamava
toda vez que ia embora
levando-a de mim
muito antes de conhecê-la

Nas margens desse corpo de água
onde o oceano acaricia o chão
esculpi-me molhado de sol e sal

Era feliz
e todos estavam nos retratos natalinos

Onde estão as conchas e os búzios
que um dia aqui deixei?

sintaxe

Não me corrijam
deixe-me com as minhas discordâncias nominais

Se não coloquei crase
é porque não sabia
Se retirei uma vírgula
é porque queria

Fui de encontro à gramática
e criei línguas que só eu falei
Dialoguei com ouvidos moucos
e com paredes filosofei

Eis o que me sobra
este pequeno pedaço de mim
Eis o que me resta
e nada mais além do fim

nostalgia da não saudade

No agora dos dias em que vivo carrego em mim
saudades de não ter saudades.

Antes do findar do meu menino
não havia ausências, perdas ou desaparecimentos.

Talvez uma bola, uma camisa, um brinquedo extraviado
ou um coleguinha qualquer que se mudou.

Mas nada daquilo se guardou ou se calou
como uma lembrança nostálgica,
desalento, pesar ou afogo.

Os aniversários e natais de então
logo eram trocados por desejos dos próximos.

Em nada existia nadas ou vazios
tão somente povoados encantamentos
de infindas eternidades.

Tudo era puramente vivo e imorredouro
como os vivos que hoje não existem mais.

No agora dos dias em que vivo
carrego em mim
saudades de não ter saudades

depois

Quando a derradeira lágrima se for,
sobreviverei em tua memória
a afugentar os outros mortos,
cada vez mais distante,
mais distante...

Quando pisares o solo das minhas ausências,
acariciarei teus fatigados pés
com a suavidade breve um sonho,
cada vez mais distante,
mais distante...

Quando nada mais te restar,
senão os sons da boca da menina
suspirarei palavras de amor,
cada vez mais distante,
mais distante...

E quando for tua hora de seguir,
irei contigo e para sempre,
muito além dos esquecidos,
cada vez mais distante,
mais distante

dois meninos

De onde vem esse menino
que me parece vindo por detrás dos meus ontens
e que está indo para além dos horizontes que vejo?
De onde brota esse menino
que me remete às memórias que sequer me lembro
de um outro menino
que como este menino
só queria ser sempre menino?

De que lugar chega esse menino
que parece atravessar espelhos
como que vindo de um retrato passado
escondido em meio a roupas, caixas velhas de sapato
e lembranças coisificadas em sobrantes objetos que restaram?

De onde surge esse menino
que me rebenta os cansados anos
a me desabrochar o meu menino
que por tanto tempo sonhou com outro menino
para que juntos pudessem brincar a infância inteira?

Não deixarei esse menino escapar-me
como me escapou meu próprio menino
mas que hoje ressurge ressuscitado
no encontrar do seu neto
chamado Pedro

enquanto leio Kerouac

A vida continua indo, amor
enquanto leio Kerouac
ou assisto filmes na televisão
esperando o salário ao final do mês.
Breve o que teremos
é este pouco de memória
e quem sabe se ainda der
uma casinha azul na praia
para vermos netos crescerem molhados.
A roupa e o carro novos não me calam o jovem
pois a minha juventude é feita de rebeliões
embora as revoluções que fiz de fato
fossem apenas mudar de bairro e de penteado.
A vida continua indo, amor
sem mim
sem você
sem ninguém
afinal é próprio da vida se ir
deixando aqui sempre nós
ou lendo livros ou vendo filmes
no aguardo do próximo final de mês.
        (De onde vem este vento tão gelado
        se todas as janelas estão fechadas?)
Evitemos ao menos hoje
olhar espelhos, amor

a menina da casa ao lado

Quando a vi naquela tarde
estava linda
           estava de branco
           como se fosse sua primeira comunhão
e parecia dormir tranquila sobre as flores
que por certo a incomodavam

Catarina
Minha mão teima em escrever
Catarina
sei que não era esse seu nome
mas tinha um rosto e um jeito de
Catarina

Gostava de balas de hortelã
           (dizia que lhe davam
           um gosto de vento na boca)
e não parava nunca de correr
misturando nossas infâncias
sempre com os olhos erguidos para o céu
procurando nas nuvens
anjos esquecidos

Mas naquela tarde
em que estava linda
não olhava para o céu
talvez porque já trouxesse
um céu
        e um anjo
                dentro dela

Catarina sorriu
eu sei que ela sorriu
                              eu vi
                              os outros não
Ela sorriu de mim e de todos
da nossa patética permanência
sorriu principalmente porque sabia que desde aquela tarde
seria sempre menina

E seis homens a levaram
                              (três de cada lado)
pra bem distante de mim
deixando-me até hoje preso nas narinas
um cheiro forte de flor

No seu apartamento colado ao meu
restou um vidro de perfume aberto
o retrato envelhecendo na parede
o espelho vazio refletindo os dias
alguns ursinhos de pelúcia
e o silêncio
quebrado apenas pelo ruído das bonecas que crescia
Tornando-se adultas

E Catarina se foi quando enterraram a tarde
naquele cemitério junto do mar
                    (havia pó e havia sal
                    naquele mês de dezembro
                    agora quase esquecido)

immortalitas

Que me desculpem os deuses
mas sou imortal

no dia em que morrer
me vão sumir o mundo
e tudo que há dentro dele

sumirei da vida simplesmente
deixando meu nome inscrito
em um jazigo qualquer
de um cemitério não mais visitado

eu não vou desencarnar
vou ser como aquele sacerdote asteca
ou aquele outro verdureiro em Pompeia
ou Titus primo distante da tia
da segunda esposa do centurião de César

vou apenas somente desaparecer de mim

lembranças feitas de sal e mar

Na infância
navios enferrujados
encalhados em bancos de areia
me viam passar rumo à praia

Na beira-mar da vida
os anos passaram salgados
os sonhos se encobriram de areia
enquanto escalava montanhas de arrecifes
combatia serpentes e monstros marinhos
e brincava surdo com as sereias
sem medo de naufragar

Ali onde o céu se banha de mar
desenterrei tesouros de piratas
que ninguém nunca jamais viu
catei conchas cacei siris
corri atrás de marias-farinhas
deixando na sombra meu menino

Agora
quando o hoje de antes me é ontem
retorno da praia ao entardecer
vendo bancos de areia desabitados
e navios enferrujados encalhados
nas pedras porosas da minha memória

pecora nera

De todos os irmãos que nunca tive
e que jamais terei
eu sou o mais diferente

Eu sou aquele que chora nas horas erradas
que anda no lado esquerdo da calçada
e não gosta de chocolate

De vez em quando furo o semáforo
ando na contramão
faço sinal da cruz e depois
xingo deus e rezo o terço

Sou meio vesgo de nariz um tanto enviesado
que vestiu sua máscara
colocando-a ao contrário

ao redor da mesa

sentávamo-nos todos
as tias os primos e os ausentes

Naquela mesa
mastigávamos o tempo
lambuzando os pães
de infâncias e eternidades

Ao redor da mesa
alimentávamo-nos os corpos
de ovos arroz bifes e saladas
enquanto as almas
engordavam de felicidade

Naquela mesa
aprendi as letras as horas
as etiquetas e os rituais
tatuando na memória
rostos ruídos e fantasmas

Ao redor da mesa
passavam-se os dias e os jantares
todos eram felizes, sem saber
que nos semeávamo-nos
de nostalgias e saudades

Qual o destino das mesas
quando se vão os comensais?

rosas de agosto

Sobraram alguns pacotes abertos
com seus embrulhos coloridos rasgados.
No jarro improvisado
sobre a mesinha lateral do sofá da sala
sobrevivem as rosas em suas últimas agonias
(as flores retiram da água estagnada
o pouco da vida que ainda lhes resta).

Em seu murchar silencioso
as rosas exalam velórios
no desaparecer dos seus aromas agradáveis.
Depois de amanhã
não serão mais lembranças
enquanto o jarro retornará
ao cotidiano de suas funções próprias.

No quarto ao final do corredor
dorme o pai.

Não há ruídos domésticos na casa
exceto o mastigar dos cupins
devorando o tempo.

De todos os presentes
nenhum brinquedo boneca ou jogo
o chão cheio de tantas caixas
encobre assim qualquer passado.

Se fosse alguns anos ontem
correria ao quarto do pai
para se abrigar aquecida
indiferente aos resmungos sonolentos
cheirando a cigarros cervejas e noites
(esse bafio lhe era mais cheiroso
que o aroma de todas as rosas).

Pisando em delicado passo
sobre os presentes espalhados
para não acordar o sonho
do homem que dorme
não percebe o latejar do corte
ao pisar nos brincos novos
       (um pingo de sangue mancha o chão
       como nódoa de batom
       no colarinho de uma camisa gasta).

Por entre as frestas da porta entreaberta
olha com olhos de outono
o pai diminuído na cama
       (quase desliga o abajur ao lado
       em um despedido gesto de afeto).

Em breve a vida a chama para seus barulhos
enquanto no quarto o homem ainda dorme
exalando perfumes de rosas

aquele recuado beijo

Mais de quatro décadas
nos separam daquele
único beijo
em que tua língua
desassossegou a minha
revelando todos
meus analfabetos segredos
então emudecidos
no remanso dos afetos
e das salivas ainda pueris

nossas línguas
confidenciaram caladas
intimidades de amantes
que nem sabiam
que um dia poderiam ser
em outras bocas que não a tua

no acariciar dos lábios juvenis
arrancaste minha infância
abortada no arrebatamento
das glândulas dos hormônios
e das mais novas secreções

foi com susto e surpresa
então
que hoje soube da tua morte
do outro lado do oceano
em meio à neve do último inverno
enquanto eu aqui gotejava
sob o sol do verão ao meio-dia

Desculpe-me
se esqueci teu nome
mas na memória dos meus lábios
o que ficou guardada
é a lembrança umedecida
daquele apressado remoto beijo

pequeno poeminha infantil

Da janela do teu quarto, menino,
olhas na noite as estrelas
que te acenam sorrisos de luz
e junto com a lua quase cheia
espantam fantasmas e bruxas
enquanto os pais dormem
no cômodo ao lado teu

guardador de carros

Formei-me em direito e psicologia
na mesma faculdade
e o guardador de carros era o mesmo

Depois fiz pós-graduação e mestrado
tornei-me professor 30 anos
fui demitido me aposentei
e o guardador de carros era o mesmo

Casei-me
cabelos caíram
embranqueceram
tive filhos
perdi filho
a filha cresceu
tornou-se mãe
o neto me chama de Bobô
e o guardador de carros era o mesmo

Até que um dia como outro qualquer
estacionei no quarteirão de sempre
e o guardador de carros não era mais o mesmo

Desde então
ando com um oco por dentro
e eu me esqueci de perguntar seu nome

da alma

Minha alma não fala os dialetos dos homens
mas a língua dos deuses
e já me habitava muito antes do menino
e continuará muito além depois do velho

Da minha alma
só conheço a superfície
que se oculta por detrás
do rosto e debaixo da pele
salpicada de pequenas manchas senis

Enquanto rastejo
ela delira e voa

Enquanto me seguro
ela se desgarra e pula

Enquanto me assombro e choro
ela gargalha e me despreza

Enquanto me sacio de migalhas
ela tem a fome de Ícaro e dos infinitos

Minha alma se apresenta
nos sonhos dos sonos esquecidos
e a tudo que a mim me é vedado
nos porões escuros da memória
e no caos que já existia
antes de algum princípio

predicado ou verbo
O que minha alma detesta e não suporta
são espelhos e o desaparecendo do corpo
neste sumiço lamentoso do tempo

outros tempos

Em minha infância
Não existia Noruega
e bacalhau era prato
nos domingos de Páscoa

Em minha infância
havia presépios nos natais
onde hoje habitam shoppings
e as Coca-colas não se fantasiavam
de velhos Papais-noéis

Em minha infância
faroestes eram em preto e branco
e o verde o azul e o amarelo
não pertenciam ao mundo
dos desenhos animados

Em minha infância
não voavam condores
mas urubus pousados
nos telhados das casas sem chaminés
esperavam a carne sua de cada dia

Em minha infância
tinha uma árvore cuja sombra já estava ali
desde antes de quando nasci
que ontem a derrubaram
porque estava podre por dentro —
foi o que disse a prefeitura

Em minha infância
as ruas eram de paralelepípedos cinzentos
com restos de trilhos espalhados pelo chão
e trens atravessavam as tardes e as cidades
antes do sereno molhado das madrugadas

Em minha infância
todos meus vivos eram vivos
nem conhecia cemitérios por dentro

Em minha infância
eu era apenas menino
e nada mais

prosas

sob a luz de setembro

O sol retoma mais uma vez o seu lugar. Foram-se os acinzentados céus umedecidos dos dias anteriores. Pouco a pouco o suor volta a me acariciar a face e a evaporar, invisível, rumo ao acumular das nuvens do inverno que ainda não se fez presente. O meu amanhã é feito de chuvas que de mim vieram, pois é de mim que brotam dilúvios e torrentes. Agora me liquefaço para depois chorar sobre o que vai restando de mim neste corpo perambulante de anos, cujas moléculas e células vão se despedindo tão diminutas como diminutos são os segundos. Meu caminho não é de pedras, porém de salpicos que deixo como rastro no despedaçar de mim. Quem quiser me encontrar onde hoje estou é só seguir a trilha de átomos que solto como pegadas, no itinerário deste meu destino. Essas migalhas deixadas são como um novelo de linha que carrego para não me perder em meus próprios labirintos.

Estes dias amarelos e luminescentes doem-me aos olhos fatigados. Sou um rio invertido que, quanto mais distante da fonte estou, menos volumoso fico. Receio secar antes de chegar ao mar.

A velha casa de onde brotei já não existe mais. Nada que me era antes existe mais. Por isso sou mais velho que a velhice das coisas velhas — elas ainda subsistem. O cenário da minha infância e eu menino nele brincando já encerrou faz tempo as cortinas daquele palco impregnado de fadas, magias e eternidades. Hoje sei que tudo que é perene um dia finda. Hoje sei o que quando criança então não sabia: não sabia da morte e de sua fria foice, até o dia em que minha avó, e meu pai depois, foram-se. A inocência sumiu assim, sem aviso, súbita e de repente.

Após setembro, três meses faltam para completar o ano. Quantos setembros por fim me faltam para completar a vida? Provavelmente menos dos que os dias que agora tenho até o réveillon mais próximo, quando celebrarei o reiniciar dos novos dias. E regressarão as estações, as estiagens e as chuvas. O sol irá amanhecer no igual horizonte e irá aquecer outros homens neste mesmo lugar em que já não estarei. Triste esta minha sina e futuro: ser esquecido pelo sol e desaparecer no vento.

Aqui em setembro reconheço que jamais cresço, pois lento desapareço. Inicio o exercício da queda, na certeza de que, quando meus olhos se fecharem, ficarei com a escurecida lembrança do sol se apagando. Não quero prantos, missas ou velas, nem sequer fitas ou rosas amarelas. Não quero despedidas e adeuses, mas permanecer em algum lugar mesmo que esquecido nos recuados recantos da memória de alguém, como a franzina recordação de um sol, engolido pela boca faminta da noite.

Não esperem que lhes aguarde do lado de lá, pois é possível que não exista o lado de lá e que também ninguém esteja a me esperar. Vou somente mergulhar nas brumas do esquecimento e sumir no fundo mar oceânico dos tempos em que acreditava em fadas e o mundo era tão encantado quanto as bolhas de sabão. Lá encontrarei meus mortos e meus perdidos. Percorrerei infinitamente os corredores de minha casa de menino, ouvirei escondido as conversas de minha mãe e pisarei mais uma vez descalço o piso de taco do quarto de onde nunca deveria ter saído. Quem sabe se finalmente acharei o soldadinho de chumbo extraviado; e então rodopiarei em um redemoinho de felicidade onde jamais, nenhuma vez mais, serei abandonado. Desocupar-me-ei assim, pois, da vida, para deixar de ser deixado

Hollywood dreams

Odiava a visita dos primos e dos vizinhos.

Magro, frágil e tímido, era constantemente subjugado nas brincadeiras de força, enquanto os pais conversavam na varanda, crentes de sua felicidade. Inferiorizado e humilhado, buscava a supremacia nos estudos, o que lhe rendia elogios e medalhas. Não sabiam os adultos que os livros e os óculos eram sua armadura e seu escudo. Cultivava assim a inteligência, desertificando os sentimentos.

Tão logo as luzes se apagaram, encostou-se relaxadamente na poltrona, acariciando-lhe os braços com a ternura de um recente enamorado. Mergulhado na negritude inicial, aconchegou-se à escuridão como quem se recolhe a um colo feminino e sem cheiro, permitindo-se oscilar impreciso por entre indefinidas sombras noturnas. Embora fosse tarde lá fora, deliciava-o a sensação embriagante e terna das noites artificiais, na ausência dos ruídos mundanos. Vingava-se assim das tardes e de suas solidões, assassinando-as com a obscuridade das trevas improvisadas.

Seguro no abraço da cadeira, postou-se frente à imensa tela branca iluminada, como se aguardasse a chegada de uma mulher amada. Os segundos que antecedem à ilusão eram vazios e lentos, porém necessários ao ritual da passagem que se sucedia. Os objetos, as coisas e as pessoas excluíam-se do redor, restando apenas a visão retangular dos sonhos acordados. Não havia mais ninguém, somente ele e os rostos próximos dos outros distantes. Despido do social, vestia-se de novas fantasias onde o pensamento se diluía em quimeras e desejos. Com o que sonha o homem, nesse instante, senão consigo próprio? — ele é feito de imagens, e a tela é seu espelho e sua extensão. Flutuava para além de si, redescobrindo antigos afetos hibernantes.

Para ele, pouco importava o filme ou a trama. O cinema era seu sepulcro e a sua sobrevivência. Detestava a claridade denunciante das filas e das salas de espera, onde casais trocavam carícias permitidas, ansiosos para se embrenharem no negrume anônimo das mãos e das coxas. A felicidade alheia o inquietava, defendia-se dela, desviando os olhos. Por isso levava sempre consigo um livro qualquer que o auxiliasse a distrair a atenção e a dor. Os livros são melhores que gente, costumava dizer, pois, quando nos incomoda, basta fechá-los, enquanto as pessoas cobram e sugam.

Nunca lhe fora difícil estar desacompanhado. Nascido filho único, reinara por inteiro em um quarto somente seu, cujos brinquedos amargavam a falta de outros toques. Houve momentos, é verdade, e não foram poucos, que aspirava irmãos para compartilhar o medo das madrugadas; porém, como Deus era surdo às suas preces silenciosas, inventara amigos imaginários que, assim como os livros, podia substituir, tão logo deles enjoasse. Adormecia quase sempre cercado de cavalheiros, guerreiros e soldados.

A vida começa na tela. Escorrendo o corpo pela cadeira, procura a melhor posição, inclinando a cabeça como quem repousa em travesseiros e seios. Sumido da tarde, dilui-se em cores múltiplas. Desaparecido do dia, confunde-se no piscar das fotografias. Não importa o filme ou a trama, o que importa é que o filme jamais acabe e lhe devolva a realidade tantas vezes sonegada

a dona da praça

Enorme e imensa, maior até que seus vastos pesos, ela continuava sentada no banco da praça, desdenhosa à chuva que lhe salpicava o vestido desbotado, puído de horas. Seus cabelos encharcados escorriam lisos por sobre seu rosto inerte, encobrindo-lhe as bochechas salientes e volumosas, onde não se viam os furúnculos e as picadas de muriçocas. Em sua volta formava-se uma poça d'água barrenta, na qual seus largos pés inchados descalços afundava vagarosamente em uma harmoniosa sinfonia de terra e carne. A distância parece uma gigantesca ninfa emergida do mar. De perto, talvez fosse apenas uma corpulenta mulher sentada em um banco de praça.

Todos os dias a vejo ali, parada sobre si mesma, como se o redor não fosse nada. Durante anos ela fora presença constante em minha paisagem rumo ao trabalho, feito aquele busto de bronze encardido, reverência desconhecida a algum político de gerações passadas. Quem sabe ele não seja o responsável por nossas mazelas atuais?

À época de criança quisera-me heroico e rebelde, personagem dos livros ginasiais de história. Porém, hoje, contemplo-o compreendendo que o que fica é o anonimato das esculturas metálicas, pouso passageiro dos pombos e dos seus desejos. Às vezes me pergunto por que se homenageiam as cabeças em vez dos corações. O que será dos próximos heróis quando acabarem as praças?

A chuva intermitente me obriga a parar meus esforços corriqueiros de chegar a algum lugar. Continuo assim agitado e irrequieto, movimentando-me pela vida que nem um tonto, sem destino ou paradeiro que me segure além dos efêmeros, dos poucos momentos conquistados. Quis crescer e cresci. Adulto e insatisfeito propus-me a casar e me casei. Desejei filhos e os tive. Adquiri casa, carros e amigos; uns, perdi. Contudo, carrego comigo a mesma fome insaciável de ser feliz. Minha medula é feita de sonhos. Realizá-los é morrer. Morro lentamente ao término dos meus sonhos.

À espera da estiagem, sob a marquise de uma loja, espreito a espaçosa mulher, sentada com sua sacola de pano rasgada, emprenhada de cacarecos retirados das latas de lixo alheias. A mulher leva consigo resíduos das histórias dos outros — não sabem esses que ela agora é dona de seus passados e segredos. Quantas verdades não habitam as latas de lixo?

Senhora de si e de todos, a desmedida mulher parece uma sacerdotisa em seu templo de nuvens e devaneios, guardiã confidente da vida dos outros e dos cacos abandonados das coisas e dos fragmentos irrecuperáveis de sua própria lucidez.

Tantas e tantas vezes passei por esta praça, pelo busto e pela mulher. Jamais tivera um segundo além para vê-la me ver passar, sempre sentada, calada, com sua sacola de pano rasgada. Em seu mutismo de gestos, percebo o quanto me enganara. Não era ela um objeto a mais a compor o cenário dos meus caminhos entediosos. Eu é que era o seu objeto, assim como tudo que estava no contorno da praça. Devia me ver como um louco, esbaforido pelas idas e vindas pelas ruas. Pra quê? Pra onde, se repetidamente volto? A mulher, em sua sabedoria insana, saneava-se dos homens e de suas agonias. Liberta e abstraída, delirava em novas realidades. Poderosa, enorme, soberana, dona da praça e do universo. Luto para sobreviver ao seu olhar.

O tamanho de seu corpo amplo e descomunal aumenta. Ela se alimenta de mim e dos demais, de nossas incertas e dúvidas, de nossas fragilidades encobertas. Sinto-me sugado para dentro dela, enquanto me agarro inutilmente ao poste e sua verticalidade monótona. Sou agora uma parte de sua desmesurada gordura voraz. Vendo-me pelo olhar dela, reconheço-me um homem sem sentido, débil e vago. Invade-me uma intensa ânsia de deixar tudo e de sumir, em busca de minha praça, onde lá possa dominar o mundo e seus objetos. Por um breve instante me encontro iluminado na escuridão. Torno-me pleno e divino.

A chuva acabou e o ritmo do cotidiano retorna com a velocidade dos pensamentos impensados. Devo me apressar, pois estou atrasado e o relógio de ponto não perdoa.

Despeço-me silencioso do busto e da mulher sentada no banco de sua praça. Os primeiros raios de sol desabam sobre ela, ofuscando-

-lhe o brilho. Algumas crianças afoitas invadem seu território e seus balanços. Ela permite e sabe serem passageiras e logo, assim como eu, irão embora, deixando-a tranquila e serena, zelando a vida que começa a partir da praça

ao norte da mesa próxima

O garçom me serve uma bebida forte à base de anis, com a qual me vejo invadido de quentura e azul. Imediatamente zonzo pelo sabor do inusitado, abro o livro marcado somente para não perceber que as outras mesas desconhecem minha presença. Sou um estranho entre pessoas estranhas – e elas sabem disso. Estou longe de casa. Estou longe de mim. Meu lar é lugar nenhum.

Esta cidade edificada de ruas com nomes e datas que não me dizem nada, arranha-céus, árvores, praças, postes e luzes não foi construída para mim: sou um estrangeiro em suas entranhas e sombras, transitando-a apenas como o minuto que perpassa a minha vida. Os rostos dessa gente não me significam coisa alguma, não me importam suas dores de dentes, amores e desamores, nem sequer sei dos seus vizinhos. Para eles sou transparente e não existo, unicamente habito nesta cadeira neste momento, em um bar a que nunca vim.

O que pensa a lua, de mim, aqui sentado, sem amigos ou amantes? Como um surdo, aguardo que me chamem o nome, esse substantivo próprio tão doce e delicado que só se sente a falta dele no deserto das bocas áridas. Devo ter deixado minha história em um quarto de hotel e agora não sofro mais qualquer nostalgia. Esqueço-me de mim para lembrar das minhas ausências e dos meus prantos. Sobrevivo aos meus mortos e aos meus abandonos, só não quero morrer sem ver meus poemas publicados; pode ser que alguém algum dia me leia e me compreenda além do silêncio em que me sepultei. Minha cabeça lateja em um corpo amolecido de febre e gripe. Tusso secreções, e esta imensa noite que carrego no peito.

Quisera ser um barco a navegar a imensidão infinita dos oceanos azuis. Minha alma é um mar agitado, perigoso, sem sol e sem sal, em busca de praias onde possa sossegar suas ondas e depositar espumas agonizantes. Quem penso que sou boia em mim. Receio afogar-me sem história e sem nome, enquanto aqui o redor fervilha em música, na urdidura das tramas pélvicas. O calor que me aquece e me esfria não é de febre nem de álcool, é do incêndio desta cidade alheia onde procuro o socorro de uma mão e não encontro. O que se estende até mim é solidão.

Chamo o garçom novamente, mais uma vez, como forma de falar com alguém. Solicito e ele me atende com outro copo. Logo vai embora. Nada me apraz o olhar, nem mesmo aquela velha prostituta de cabelos mal pintados de ruivo, encostada ao canto do escuro, pronta a me saquear bolsos, filhos e afagos. Chego a me apiedar dela e de sua indisfarçável decadência, pois representa seu papel e, ao final, adormecerá só em sua cama, assim como eu. Se me desse vontade de escrever versos, começaria com a palavra adeus; porém, minha única vontade é saber para que estou e para onde vou quando não mais houver esta cadeira, o copo e o garçom a me servir. Quando todos já tiverem se abrigado, restarão meus cacos, as pálpebras insones e este cansaço mais que febril. Tusso secreções reprimidas, e esta grande noite que me aprisiona a garganta e me domina o peito.

Adeus minha adorável prostituta. Acaso fosse outrora, talvez teu corpo visitasse. Contudo, não agora. Após, jamais. Quando tiver tua idade também não me recordarei desta ocasião passageira;

por isso, à tua face soturna e triste, ofereço tão somente o esquecimento dos meus gestos e da nossa impossibilidade. A minha memória é um cemitério de lembranças e poeiras — são poucos, muito poucos, os fantasmas que me acompanham ao dia. Se, em uma outra hora ou data retornar, encontrar-te-ei outra vez plantada no canto do bar, assim como hoje: imóvel e muda, esperando despedidas.

Deixa-me ir agora, querida prostituta, cujo nome é tão silencioso como o meu. Deixa-me ir, libertando-me do teu encanto misterioso de Medeia, pois almejo os movimentos e as surpresas das ruas. A inércia é a privação da vida e já me bastam tantas perdas enterradas em meu peito entupido. Que assim se escreva em minha lápide: "aqui repousa um homem só e aqueles que morreram antes dele". Se falecer é desaparecer duas vezes, então desejo morrer depois da minha morte (serei amanhã um morto em alguém?). Tusso secreções, escarro a noite.

Até nunca mais, minha inominada prostituta. Agradeço a caridade de teu único olhar sobre mim, deixando-te em troca a ilusão de novos fregueses. Parto, afinal partir é melhor que ficar. Perambulo trôpego e bêbado pelas calçadas, vomitando azuis pelas esquinas. Até a lua agacha-se envergonhada por detrás das nuvens.

Retorno cambaleante ao quarto e às minhas malas, onde lá encontro partes de mim. Persigo o sono e, só assim, ao levantar, não saberei se tudo não passou de um sonho ou de um pesadelo do instante em que fui ninguém. A sinusite dói e a coriza me escorre afetos e líquidos. Quero rápido dormir para logo acordar com alguém que não conheço, chamando meu nome. Preciso urgentemente voltar a existir. Hoje, é certo, não sonharei com anjos, mas com prostitutas.

Tusso secreções e a noite inteira me acoberta de breus

colóquio com a mãe

Assim que chegou, ela arreganhou os olhos como que saindo do torpor sonolento ao qual habitualmente se recolhia ao acordar, e foi logo repreendendo: "meu filho, isso lá são horas de chegar em casa? Estava preocupada".

Abriu os braços para acolhê-lo, como sempre fazia quando ele se atrasava. Era agora sua única forma de protegê-lo dos perigos das ruas, trazendo-o para perto de si e de seu colo, na tentativa inútil e nostálgica de abrigá-lo de placenta e útero.

O hálito envelhecido de sua saliva grossa e o odor suarento de sua roupa gasta de usos e de tempo o incomodou em princípio. Porém, da mesma maneira que das outras vezes, acostumava-se ao bolor dos minutos mortos. Os anos, embora impalpáveis, deixavam nas narinas o rastro insípido de sua passagem.

Nunca fora muito de beijos, não porque não a desejasse beijar e sentir o calor afável de suas bochechas magras e murchas, mas porque ela o criara tão próximo dos olhos e distante dos afagos, tornando-se um homem arredio de carinhos. Por dentro ansiava, faminto, por afetos frustrados e, por fora, era frio, distante e sério, circunspecto como deviam ser os homens de sua idade.

A fome inconfessável o devorava por inteiro, enquanto os menos atentos se distraíam em triviais conversas de bares e de expedientes. O mundo indiferente não percebia que ele definhava cotidianamente, assim como sua mãe ali sentada na poltrona da sala de entrada. Talvez por isso, quando criança, adorava chegar atrasado da escola só para vê-la ao portão preocupada, sofrendo, inquieta e de braços abertos.

Não somente de carências e de trocas de carícias se assentara seu crescimento. Também lhe faltaram os companheiros com quem brincar de bola, pega-ladrão e empinar pipa. Sua mãe, constantemente zelosa com a higiene e vigilante contra danos, vírus e acidentes, privara-o das ruas e de seus doces riscos.

Fora assim sempre um menino limpo, assustado, proibido e tímido, sem feridas, ranhuras ou braços quebrados. Seu corpo puro de cicatrizes amargava a ausência de toques e amigos. Hoje percebia o pavor de sua mãe dos outros meninos, não porque temesse os machucados ou as brincadeiras, mas a sexualidade hibernante e imatura dos jogos e folguedos infantis.

Agora entendia o quanto deve ter sido difícil para ela criar um homem, principalmente na falta de um pai, morto desde cedo, bem antes que soubesse pronunciar a palavra pai — essa palavra para ele escassa, porém invejada no vocabulário dos vizinhos.

Ela sorriu quando ele lhe estendeu o presente. Suas mãos trêmulas, esverdeadas de varizes, apresentaram-se para abrir o pacote e parecia feliz empanturrando-se de chocolates dietéticos. Ainda de boca cheia lhe perguntou se havia feito o dever de casa. Não querendo contrariá-la, acenou que sim. Era melhor para ela continuar a vê-lo menino, alheia ao homem triste em que se transformara agora.

Acostumado ao silêncio de suas conversas, sentou-se ao lado dela, contemplando, com certa saudade, aquela sobra materna presa à cadeira e às décadas passadas. Embora nada mais restasse daquela mulher altiva e determinada que tanto o oprimira, era como se ainda exalasse sobrevivente o medo de lhe dizer não.

Transpirava feito criança frente à velha senhora absorta e longínqua. Ela era muito maior e imensa do que aquele corpo franzino curvado com sofreguidão sobre a caixa de chocolates já quase vazia.

Quisera poder dizer que a amava, se assim soubesse. Entre ambos havia um abismo a separar os sentimentos. Quantas vezes não retornara do colégio sem piscar os olhos, somente para que o visse com olhos lacrimejados, como se chorasse? Quantas vezes fingira-se de doente, para poder dormir ao seu lado, respirando dela o bafo, na espera de que lhe virasse o braço na turbulência de seus sonos agitados? Quantas vezes, escondido, vestira-lhe o sutiã, na esperança de se acolher aos seus seios? Quantas vezes não remexera suas coisas, na busca de uma carta de amor jamais a ele endereçada? Quantas vezes...

Ainda havia tempo de se redimir, notava, se bem que os segundos conspiravam a cada momento. No entanto, continuava parado como que congelado, sequioso de se aproximar daqueles cabelos não mais tingidos de castanho-claro. Não seria hoje que se sentaria em seu colo de ossos, tocaria sua face enrugada e lhe cobraria as carícias sonegadas. Talvez na próxima visita ou quando lhe visitasse o túmulo com flores, nos dias de finados.

Quieto, para não lhe perturbar os devaneios, dirigiu-se manso e melancólico à porta do asilo. Contudo não deixou de ouvir sua velha mãe preocupada suplicar ao menino: "não se atrase novamente de volta da escola. E vê se não joga bola pra não se arranhar nem sujar a farda"

a árvore dos aguardamentos

Havia muito a mulher o deixara. Jamais se souberam os motivos de sua repentina partida, pois, de sua boca, nenhuma palavra sequer foi dita a respeito. Remoía em mudez a calada esperança daqueles que não suportam saudades. A cada "o que aconteceu?", "o que houve?", "o que se passou?", fechava-se ainda mais como uma ostra a resguardar sua pérola. E como é peculiar à natureza humana a insustentabilidade das interrogações, de logo se trocou pelas levezas das exclamações. Por dias e dias, e semanas a fio, inúmeras foram as histórias geradas de tamanho assunto; tantos boatos, tantos rumores, tantos mexericos e versões, tudo servia e se moldava à curiosidade da vizinhança e dos adjacentes. As mentiras, de pronto, ocupam o vácuo das verdades desconhecidas.

O tempo e o silêncio são erosivos às bisbilhotices alheias. Esvaem-se as histórias, resta o mito, depois... o esquecimento. Contudo ele, negado de transitoriedade e de lutos, deixado às lembranças, edificara seu despovoado contorno com certezas quase insanas. Dizia a si só — e somente a si — que ela voltaria, um dia, com a mesma face meiga rubra de sol e olhos constantes, e aquele sorriso farto com o qual o envolvia que nem o mar ao afogar o rio.

Em sua longa espera cotidiana a descrevia para si diariamente, detalhadamente, como se para se assegurar de que os anos podem ser apenas alguns dias. Feito uma Penélope invertida, tecendo invisíveis tapetes, soterrou-se em seus escombros de memórias, perdendo os parentes, os amigos, os conhecidos... até que mais ninguém soubesse ou falasse de seu triste abandono.

Porém, conquanto se nutrisse de inúteis aguardos, houve momentos em que chegou a relutar contra as intermináveis esperas. Receoso, então, da demora e do cansaço, evitava pensar na morte dela, visitando aos sábados os cemitérios da cidade. Peregrinando de túmulo em túmulo, de jazigo em jazigo, vendo e revendo lápides, buscava não buscar encontrar o nome dela. Havia nele um ar de contentamento, embora o fingisse bem, todas as vezes que de lá se retirava, enquanto os outros chegavam levados de culpas e lágrimas. Felicitava-se, assim, pelos cadáveres que não tinham seu sobrenome. Foram dessa época, inclusive, seus derradeiros e restantes amigos, entre coveiros e mulheres rezadeiras.

Quando já tinha decorado e conhecia todos os mortos, seus apelidos e suas datas, enraizou-se no apartamento habitado de si, isolando-se dos entardeceres e das chuvas, sabendo agora, com uma certeza cada vez mais certa e inquebrável, que a morte a ela não chegaria. Eterna a mulher em sua ineternidade, existia ele somente de recordações, alheio ao falecimento das presenças e ao envelhecimento do sofá e das poltronas da sala, onde permanecia em inalterável aguardo, nunca se permitindo o sono — hábito costumeiro dos que não precisam das portas e das chegadas. Misturando-se aos segundos, solidificou o tempo a tal ponto que se um dia ela retornasse (o que era por demais improvável), seria como se tivesse ido apenas à esquina tomar sorvetes ou comprar um maço de cigarros.

Quem pudesse vê-lo em tão comovida espera o pensaria dormindo de olhos abertos frente à porta, cercado de desertos e poeiras. Mas ninguém mais o viu desde então; até que um dia, muitos e muitos dias após o dia em que ela o deixou, arrombaram a porta dos seus devaneios, e não era ela.

Surpresos, jamais entenderam a inconcebível visão de encontrar plantada no centro da sala aquela árvore gasta de seivas e sem frutos, cheia de musgos, com seus ramos crescidos por sobre os braços da poltrona, como alguém que quisesse abraçar o vento

o oposto dos dias

Hoje é domingo, e tudo parece tão diferente do ritmo e dos sons dos outros dias. Domingo tem ares de nostalgia e de melancolia para alguns, enquanto para outros cheira a churrascos e a salinidade das praias. Ainda há aqueles que reservam o domingo para ver os pais ou avós. Para estes, o domingo tem sabor de macarronada, feijoada ou lasanha. Decididamente, domingo é um dia desigual e discordante.

Há uma inquietante lentidão nas horas dominicais, em que se subverte a ordem natural das coisas. Porém, quando o domingo acaba, tudo volta a continuar na mesma. Então por que existem os domingos? Kafka já dizia que os outros dias é que são cruciais para se preparar para a chegada desse dia em que somos lançados no confundir dos nossos hábitos e rotinas. Inimaginável uma semana sem domingo. Domingo é um mal (ou um bem?) necessário.

Certo estava Proust, quando afirmou que os dias talvez sejam iguais para um relógio, mas não para um homem. Creio que, se os calendários pudessem falar, diriam estranhar os domingos.

Uma existência humana não é feita de dias, meses ou anos, mas de intervalos entre os domingos. Nossa alma não envelhece. Quem envelhece são os domingos da alma. Há domingos chatos e domingos alegres ou divertidos. Há domingos sonolentos e preguiçosos, e há domingos agitados e buliçosos. Existem aqueles que exalam aromas de livros, enquanto outros emanam olências de cravos. Todo domingo é igual, todavia todo domingo não é igual. Semelhantes são as missas e os jogos de futebol. Domingo não. Domingo é indisciplinado e rebelde. Representa a insurreição do tempo. Devia-se nascer e morrer aos domingos.

Domingo é dia de coçar pentelhos, tomar cervejas, rezar terços e rogar pragas. Domingo é um dia para esconder nosso anonimato e desaparecer.

Os pássaros voam e cantam diferente. O vento sussurra segredos inaudíveis. O sol é mais quente e a chuva mais fria. Até o tédio é mais poético. Não há bocejos que não sejam ruidosos, ou cochilos que não sejam prolongados. A solidão dos domingos é a nossa melhor companhia, inclusive os minutos se tornam indiferentes. Nada se repete nos domingos que se repetem.

As pessoas param mais para conversar. As pessoas param mais para se isolar. Tem os que meditam e os que fogem. Tem os que acordam e os que adormecem. Os homens das segundas, das quintas e dos sábados não são os mesmos das horas dominicais. Até os beijos ficam mais deliciosos.

Devia-se nascer e morrer aos domingos

enquanto o outono não vem

O calor é de tal forma abrasante e úmido, que uma simples brisa, dessas raramente vindas de onde termina o mar, em vez de abrandar a febre da tarde, enche-me ainda mais de quentura, com seu bafo cálido e inodoro de maresia. Fosse eu, por acaso, uma estátua em uma praça não me findaria de ferrugens e sim de derretimentos.

Caio-me em gotas a pingar a camisa já encharcada pelos minutos antecedentes — uma tempestade se esvai de mim. Decerto não sou nuvem, mas também me constituo de nebulosidades e líquidos. Interessante observar que, quanto mais me fastio de aquecimentos, mais me ocupo de cigarros; talvez queira me secar por dentro e depois transpirar fumaças. Em minha autópsia não encontrarão alma e sonhos, somente cheiros de nicotina e farelos de cinzas.

Ao início me incomoda a camisa molhada colando-se ao corpo. Logo, rendido à inevitabilidade de certas coisas, acostumo-me tanto a sua pegajosidade que já não diferencio a minha pele das minhas roupas (mais tarde, ao banho, relutarei em me desfazer de mais um pedaço de mim). O suor escorre da testa ao peito, como rios a percorrerem seus leitos. De tempos em tempos, alguma gota ousada modifica seu destino e rumo, ora umedecendo-me os lábios sedentos d'água, ora repousando em salpicos nas quase transparentes lentes dos meus óculos. Quanto à boca, a língua sente o sal me aumentando a sede; quanto aos óculos, embaço-os na vã tentativa de limpá-los com a manga da camisa, tão ensopada quanto eu. As paisagens ao redor ficam assim nevoadas, qualquer um pode ser quem espero, a menos que se aproxime a pertos palmos e com o toque me desfaça dos enganos. Por isso, sou míope. Quando me amedronto das ausências, preencho-as com vultos equivocados das morfologias disformes das minhas limitações (houve épocas em que pensei usar lentes de contato, mas elas não me livrariam do embaçar das lágrimas). Viver de enganos geralmente é melhor do que os reconhecimentos. Não resistiria um segundo a mais, não fosse a possibilidade da ilusão e suas consequências em meus contentamentos.

Torra o sol sobre mim e o chão que, aos meus pés, me sustenta. Em meio a ardências, aguardo-lhe após o horário combinado. Há dúvida em mim – o que, sem dúvida, não me é de todo inusitado, afinal sou um ser nublado e de tantas dúvidas que chego até mesmo a duvidar se agora estou aqui –, não sei se me liquefaço pelo calor do dia ou pelo incêndio da espera. O tormento da espera é irmão do da procura.

A cada minuto pesa-me ainda mais a suada camisa e, temendo afundar-me como uma âncora em um mar de mim, percorro as duas esquinas que me separam do resto da cidade. De lá pra cá e de cá pra lá, delimito, desinquieto, meu espaço, no paralisado tempo dos postes e dos cruzamentos. Quantos quilômetros tem um instante de uma vida?

Os passageiros da minha restrita calçada me são companhias nos diálogos do silêncio, até o sinal abrir novamente e seguirem seus trajetos sem olharem para trás. Incontáveis as pessoas que por mim passaram, enquanto permaneço na indefinição dos meus aguardos. Quero o consolo das memórias, pois só assim, creio, elas me levam em suas lembranças, lembranças do momento em que me conheceram, caminhando ansioso nas imensidões das minhas indecisões. Será que quem espero já não também passou na exata hora em que olhava buscante o meu lado esquerdo? Os óculos continuam embaçados, turvando-me a vista e minhas frentes. Eles me são insuficientes. Necessito urgente de microscópios.

O que faço além de derreter lentamente no envelhecimento do dia? Pensar. E pensar é como o suor: pesa. Diminuo meus passos pouco a pouco, já não trago a velocidade de quando cheguei. Se cada pensamento pensado é um pensamento esgotado, o que me sobrará quando não mais tiver sequer um pensamento? Pudesse eu deixar de pensar, deixaria de existir. Contudo, não pensaria em quem espero e nem nas duas esquinas em que me cerco. Por isso, repito, sou míope e penso. Pensando posso esperar, esperando posso sonhar — não fosse este calor danado debaixo de um sol depois do meio-dia

o senhor da poeira e das sombras

Logo ao passar pela porta que o separa do mundo dos vivos, ficou parado um instante como que suspenso em meio àquela atmosfera bolorenta impregnada de fungos mofando móveis, objetos, quadros, livros e as outras coisas que preenchem e circundam todo o espaço amplo da sala.

Tudo é tão antigo e gasto que parece ser a casa um enorme museu, a conservar o que ainda resta dos últimos vestígios de uma remota civilização desaparecida (passado tem o cheiro desagradável do envelhecimento da história). Ali, onde mora o desusado tempo, reside também o pai e seus consumidos e antiquados trastes, todos esquecidos por tudo que a eles da casa é fora, não fosse o filho ocasionalmente revisitar o homem que lhe era mais o guardião de sua distante meninice. Enquanto houver velhos (esses diminutos adultos de ontem) a frequentar, haverá alguma infância a ser revisitada ainda mais uma vez, de novo.

Infelizes aqueles que não têm velhos, pois lhes sobra apenas a insonoridade monótona dos álbuns de fotografias. Ao fechar a porta, cortando feito uma lâmina o domingo, uma lufada de ar levanta e espalha a poeira antes sossegada em seu repouso quase secular sobre a superfície rígida das coisas. No azular da sala mal iluminada pelas frestas envidraçadas das janelas fechadas bailam granulados fantasmas, acordados pelo repentino vento — em breve retornarão à quietude das planícies, onde tomarão a forma inanimada das peças e dos objetos domésticos.

O filho aguarda antes de dar o primeiro relutante passo através de tantos espectros paternos; enquanto o vê, aos poucos, surgir do fundo da penumbra, vindo como quem vem das trevas, trazendo consigo a escuridão dantesca das memórias. Embora fosse o pai de estatura baixa e franzino corpo curvilíneo, frágil como uma capa de livro bastante manuseado, sua sombra é grande, imensa e gigante, a encobrir todos os móveis e utensílios da sala e o filho que ali estava. Um homem de passadas curtas e gestos tremulamente delicados, contrastando com o heroico guerreiro do menino de outrora.

Do cavaleiro antes andante não ficaram armaduras, escudos, elmos, lanças ou espadas; o que continua é somente a magra silhueta quase imobilizada que lembra o desenho em preto e branco que ilustrava as histórias de Cervantes. Talvez até não tivesse mais aquele livro, eram tantos os livros dele; porém, o filho jamais pedira para ver, como se assim ainda receasse algum atrasado carão pelo dia em que buliu escondidamente os segredos invioláveis da biblioteca do pai.

O velho homem conversa, agora, coisas do passado, e o outro dele escuta lembranças fragmentadas como se, do pai, saíssem inúmeras vozes e fosse ele tantos vários. Sua voz, antes potente e hoje muito mais um sussurro, percorre uma vida: do tempo em que também fora menino, morando em engenho e tomando banho de rio, à época em que vivera um fugidio amor, viajando pelos litorais do Nordeste. Conhecera praias, coqueiros e paixões. Ela se foi, como tudo ao homem um dia se vai. Ele igualmente.

O que ficou, o que sempre fica, foram as amargas e doces recordações saudosas dos momentos irrecuperáveis, e um filho que de vez em quando o visita, até mesmo depois dos sonhos.

As lembranças idosas de um homem idoso são feitas da mesma seda filamentosa e opaca que tece o embranquecer dos olhos nublados de cataratas e de tempo. Quantas aquisições anteriores não sucumbem ao pouco brilho que nos chega à mente, essa interioridade obscura que em parte se apresenta nas narrativas, e em outra parte se oculta, disfarça-se e muitas vezes se deslembra?! O pai que fala e se cansa do que, de si mesmo, ouve não é um homem completo, é simplesmente a porção de um pedaço de fração de uma vida inteira.

Como se o que permaneceu fosse menos, repete ele as mesmas aventuras, glórias e dissabores de aposentadas eras das quais é hoje, então, somente o único afastado sobrevivente. Algumas vezes o filho ouve com desatenta atenção; em outras se distrai, enxergando através do emagrecido corpo de amontoados ossos e relatos, encoberto pela enrugada e manchada pele que ainda lhe sustenta o pouco tanto de suas tantas sobras, o pai e o seu menino que ambos foram muito antes do que agora. Sentado naquela quebradiça e encardida cadeira de balanço, é ele, assim como as sombras de todo o demais resto, uma mera noção rudimentar de uma melancólica e nostálgica aparência que ligeiramente parece uma esfinge a tutelar sepulcros e mortos.

Aquele homem que lhe fundara a própria história é, ao filho, a oralidade pulsante de sua ecoante inocência, pois rever o pai, mesmo tão velho, é redescobrir o que já não é mais descoberta com igual encanto e deslumbramento de uma criança curiosa. À hora de ir embora, beija-lhe com respeito a testa, último reduto de carinho e afeto com que reverencia sua infância ainda viva. Por possuir também as chaves, como de hábito, aguarda o pai recolher-se vagarosamente, indo para dentro da casa e dos seus escuros. A poeira novamente levantada baila e, por detrás dela, segue um homem rumo ao seu quarto, arrastando com ele o silêncio de um garoto que de soslaio e sem acenos se despede do adulto aqui assombrado

a orfandade das fotos

Qual a serventia de uma foto sem lembranças? De que valem aqueles rostos fotografados de um instante que não existe mais? Rostos desaparecidos da vida, cujos olhares ressuscitavam o burburinho hoje silenciado pela distância da memória. De que servem estes rostos e estas fotos se elas não foram feitas para os mortos? Qual vivo se interessa pelos vestígios domésticos e corriqueiros do cotidiano murcho de uma geração remota e desaparecida? Porém, elas ainda resistem empoeiradas, em meio ao mofo dos fundos das gavetas. Quantas caixas de sapato não guardam resíduos de memória de um passado desvanecido de quem não existe mais? As caixas velhas de sapatos e o fundo das gavetas são o cemitério onde estão sepultados o que deixou de existir de quem deixou de existir. Triste é o destino das fotografias de um morto.

As fotos de um morto não me dizem nada. De nada sei o que sentia, pensava ou sonhava. Instantâneos de uma vida que não vivi, de juventudes e alegrias que não foram minhas, imagens indizíveis de migalhas de tempo em que eu não estava lá. Tudo é tão mudo e inerte nas fotos sem donos: fragmentos inanimados de uma vida invisível pelo esquecimento. São gravuras que só têm significado em função da vida daqueles que ali estão. As fotos sem o seu senhor são espectros que se recusam a deixar um mundo que não mais lhes pertence. Se essas fotos exalassem o aroma das flores teriam o odor dos cravos e dos crisântemos.

Fotos assim tão órfãs não trazem a dor da saudade ou a crueldade do rememorar da perda. São ocas e fúteis. Não se pode sentir a brisa dos ventos entre o assanhar dos cabelos nem o brilhar da paisagem nas retinas. De que lá sei eu daqueles abraços, cujas mãos não se tocam mais, ou dos amores rompidos no chegar das horas posteriores? Ali devem ter desejos frustrados e anseios sumidos.

Sorrisos que depois viraram lágrimas, e olhares que olham para quem não os olham mais.

Rostos opacos e obscuros. Semblantes gélidos e inanimados. Gestos petrificados. Flagrantes proscritos e extintos. Segredos desaparecidos para sempre, permanentemente. Por que, então, eles continuam ali a nos desafiar a eternidade com o registro desafiante de sua imutável finitude? Para que servem os retratos depois que vem a morte, e o fim de tudo? Deveriam evaporar no exato segundo do falecer de seus senhorios. Não ficariam assim inúteis e não seriam apenas somente fotos.

Temo o triste destino das minhas fotos. Daquele menino de ondulados cabelos ainda louros salpicados de laquê, posando com um olhar distante como quem, assustado, olha além da infância. Só eu sei daquele menino e de suas confidências e de todos seus esconderijos e mistérios. Só eu sei e ninguém mais. O que será dele naquele retrato quando eu não mais viver? Morrerá o menino comigo, restando a foto que nenhuma pessoa mais olhará

o invisível amor da distância próxima

Só ele dela sabe o cheiro. Os outros conhecem apenas seu perfume e a essência das espumas e dos sais de banho que aromatizam a pele alva, límpida e branca, como branca é uma folha de papel ainda não usada. Ninguém, além de si, sente a fragrância das flores que seu corpo ainda jovem exala: cheiro verde das plantas e de suas imobilizadas sexualidades vegetais. Fosse ele de menos idade, bem menos idade, haveria de pronunciar seu nome no estalar da língua dos apaixonados, em vez da boca sempre fechada, hermeticamente aprisionando sentimentos impronunciáveis. No adiamento constante das expressões, olha-a no diário dos seus dias com entristecidos olhos de monólogos.

De onde se senta, por detrás da mesa e do trabalho, observa-a passar evaporadamente como uma noite de domingo. Adora ver o deslizar de sua mão em seus cabelos compridos como se fosse dele o toque e a carícia movimentando desejos. Quisera ser as roupas que a vestem só para se juntar ao corpo dela e abraçá-la com a suave fúria dos que acasalam. Não importa se é linda ou bela, já que a possui tão logo ela passa, afinal aquela iniciante mulher, que em breve também envelhecerá, ocupa o olfato e a vista na intimidade negada de uma cumplicidade incorrespondida. Pois em todo o tempo em que a presencia passar não foram mais que duas vezes que se falaram. Na primeira, tossiu; na segunda, gaguejou — suspiros amorosos do infeliz homem que somente ele conhece o amor. Porém, antes assim: não fosse o sonho, restaria o tédio a desertificar a alma e o pouco resto de sua memória.

O sonho o puxa para a frente ao mesmo tempo que a memória o retrai para trás. Em meio a fluxos e refluxos é ele alguém de instantes, encarcerado em um presente constantemente transitório, precário de possibilidades. Sua atualidade é o curto espaço espremido pelas virtualidades das lembranças e das expectativas em que vive seu invisível amor. Quando amanhã o atual for ontem (toda atualidade traz em si sua inatualidade e seu fim), carregará dela somente recordações de sonhos irrealizados, pois é ele igualmente, e sempre enquanto ainda existir, um ser faminto de suas tantas e tantas impossibilidades.

Ama-a ele em todos os momentos dos seus momentos, um incansável e silencioso amor de impresenças. As exterioridades inexprimem interiores onde lá, na ruidosa mudez deteriorante dos órgãos, conhece unicamente ele o fervilhar consumidor dos apaixonantes afetos. No íntimo de si não há qualquer solidão, mas a companhia infinda daquela jovem mulher que não fora do seu arbítrio desejar e com a qual se ocupa inteiro, completamente, a tal ponto que não há mais sequer lugar para outro sonho que não seja ela. Quem o presencia assim, costumeiramente desacompanhado, há de confundi-lo com um homem só. Não sabem eles que, nas praças, ruas, praias, cinemas, restaurantes e localidades várias, encontra-se ela nele, na imutualidade egoísta de um sentimento amordaçadamente lacrado. Quem o olha assim, costumeiramente só, nunca há de saber que ali está alguém que vive acordado para dentro, como se a vida lhe fosse o oposto de fora.

O amor dorme no coração do homem um sono de insônias, somente velado por calados pensamentos que o devoram com tamanha fome e martírio que lhe é a dor muito mais uma companheira. Ah, soubesse ela daquele tanto afeto, decerto surpreender-se-ia ao descobrir, por detrás do silêncio de poucas amabilidades e diversos olhares discretos, a chama impagável a queimar o peito anonimamente oculto no desconhecido de um homem, cuja única função era estar ali, naquele obscuro canto de uma vida, amando-a com a limpidez transparente, quase visível, das coisas invisíveis.

Quem sabe, um dia (o que seria de nós acaso não esperássemos dias?), ela o veja enfim em sua singularidade infinda e aceite então suas mais inconfessáveis ardências. Quem sabe um dia, quando a maturidade já encobrir o cheiro adocicado das flores e ele não mais estiver sentado em seu birô de anos, possa ela enxergar no habitual do seu discreto canto o vácuo deixado pela inevitável ausência, e sentir saudades daquele amor que, de tão verdadeiro, jamais ousou fazer-se notícia. Quem sabe, um dia

a primeira idade da última idade

Inicio a velhice com olhar tranquilo. Não encontrei o cansaço que tanto me amedrontava ao chegar aqui. Talvez ainda não seja seu tempo. Fatiamos o tempo em retalhos de épocas e fases. Diferenciamos o ontem do hoje e desigualamos o agora do que vem a seguir. Vivemos a vida como se vários fôssemos. Cada dia é o mesmo dia para os relógios, como já dizia Pessoa, mas para cada um de nós um dia é um outro dia separado dos dias que o antecederam e dos dias que possivelmente o sucederão. Convencionamos dizer que temos tantos anos de vida. Eu, por minha vez, digo que tenho alguns poucos milhares de minutos, pois de fato o que possuo, ou penso até então possuir, são os minutos escondidos nas horas embutidas nos dias que ainda me sobram. Os dias que em mim passaram, ou melhor, os dias por onde passei, já não mais me pertencem; são propriedades da memória e do esquecimento.

Ninguém descansa no tempo em que está vivo, pois só repousaremos do tempo no escuro interminável das sepulturas e dos jazigos. É preciso viver o hoje como se ele fosse para sempre, porque para sempre é o depois do morrer que nos espera. Lá, quando não mais existirmos, outros existirão, amarão, sofrerão, sentirão, sonharão, frustrar-se-ão, assim como presentemente nos cabe também. Neste instante, pois, em que envelheço, milhões de outros igualmente envelhecem. E tantos outros estão nascendo, enquanto outros descobrem a sofreguidão das primeiras paixões. Uns estão casando e vários se divorciando. Alguns estão aspirando futuros, ao mesmo tempo que em semelhantes quantidades são viúvos do passado e órfãos de sonhos inconsumados. Do mais recente bebê no mundo ao mais ancião de todos, eis que estamos envelhecendo. Morrer, portanto, não é destino de quem vive, mas fatalidade de quem envelhece. Não se fenece antes de ser velho, porém se desvive primeiro do que é ser antigo, pois se longevo é um velho, breve é a vida.

Não perturbarei meus mortos com lágrimas, mas tocarei meus vivos com carícias. Cada gentileza, sorriso e tolerância que posso expressar será um leve resíduo nas lembranças das reminiscências de quem me sobreviver. Quero a nostalgia saudosa e querida dos que de mim continuarão, ao invés das mágoas e rancores machucantes dos desgostos que posso legar. Que meus minguados herdeiros possam ainda ter, de mim, o melhor que ainda não fui ou consegui ser.

Ainda há uma estrada a trilhar. Não sei de quantos metros ou quilômetros ela é feita, talvez seja até melhor não saber; afinal, mais importante do que o final e a chegada é a caminhada. Se hoje encontro-me longe do menino que um dia fui, mais próximo estou do velho que um dia desencarnarei. Não temo morrer, pois morro todos os dias nos meus presentes. Temo é deixar de viver, mesmo que viver tenha-me sido um acumular de desassossegos e incertezas. Aproveitar cada milímetro da estrada e apreciar cada pequeno canto e recanto da paisagem é agora meu destino e sorte.

Não sei quando chegarei lá, só sei que chegarei. Enquanto isso, espero, respiro, suspiro, sorrio, choro e... vivo. Uma existência sem emoções é só tédio e agastamento. Celebro, pois, todos os instantes antes do derradeiro. Como diz Florbela Espanca, *da vida tenho o mel e tenho os travos*. Mergulho nos minutos e sinto o pulsar da minha presença que, aos poucos, está indo.

Para onde vou depois daqui, não sei. Provavelmente para o nada. Não sei. Deixo para posteriormente pensar nisso. Por enquanto vou vivendo. Conversando cada vez mais comigo, em uma solidão que vai, aos poucos, cercando-me. Observo os detalhes do hoje que serão lembranças em minha memória amanhã. Comungo com Hermann

Hesse, mantendo em aberto minha memória, pois tudo que me é breve e transitório nela não se perde

o homem à margem da cidade

O ano que se inicia é igual ao que passou, já que os relógios não distinguem os dias: todos têm as mesmas horas e os mesmos minutos. O que muda é a sequência dos números nas semanas dos calendários e um ou outro amigo que se foi, um ou outro que ficou. Se um dia não é mais que duas voltas de um ponteiro — quantas voltas deve ter uma vida inteira? Poderia, com tais ideias, ocupar a mente, mas nelas não pensava. A uma mente despida de pensamentos, sobra-lhe o interior oco de palavras, o indivisível do ser. Cada homem, todo ele, dentro de si, é primariamente um homem baldio, pois o desencontro vem sempre muito antes que qualquer encontro. O rosto de alguém é alguém que não se conhece.

A madrugada é a tarde da noite e a ressaca do dia. Podia-se ainda ouvir o frágil rebentar de longínquos e atrasados fogos que, rareantes, explodiam por detrás dos edifícios que apontavam à lua, em vez de arranharem o céu. O mar estava quase distante. Preferia assim a quietude companheira dos rios, talvez por temer oxidar de salinidades e agitos. Alguns poucos eram como ele: desconhecidos entre desconhecidos, melhor do que em meio a conhecidos. Doía-se menos. Um clima de cumplicidade irreconhecida se misturava ao fino frio do fim da noite. Sorveu em um só gole todo o conhaque que continha o copo. A quentura dominou-lhe repentinamente a alma, com a leveza de uma transitória embriaguez, talvez pelo estômago vazio (fazia horas que trocara o corriqueiro jantar por um sanduíche de queijo e mortadela). Um tanto tonto, porém insuficientemente, pediu a conta e pagou, sem antes solicitar outra dose.

Caminhava agora pelas ruas com a inabalável certeza de que chegaria; afinal, chegar era o prazer de depois partir. Pisava sem pressa o chão das calçadas e os asfaltos da cidade que era sua. Nela nasceu, cresceu e haveria um dia em que nela se enterraria. Quando por baixo dela viver, outros a pisarão com o mesmo cuidado com que pisa sua infância, seu passado, sua história... Os pés do adulto que o corpo leva trilham as pegadas do menino insone e traído. Várias vezes passou ele por aquelas ruas e pontes, como várias vezes passará, até que passar não lhe seja mais nenhuma obrigação.

Da cidade herdara o prenome e sobrenomes, bem como os seus desígnios e destinos. Seu nome o revestia de ser exatamente o que não era: o desejo de quem o batizou primeiro do que um padre. O batismo de um nome é, acima de tudo, o legado de um sonho, e se o filho é o espólio silencioso de um sonho, o nome deste é sempre a frustração de um outro. Fadado ao insucesso, restava-lhe a vida inteira para lembrar que, ao nascer, já não era quem nunca fora. Chamava-se pelo nome do avô materno a quem jamais conhecera. Uma mãe não devia, afirmava consigo e tomado pelo pensamento, parir um pai, pois pais também se fazem de rupturas e cortes. Pudesse adotar números em vez de letras, adotaria o um e o sete. Setenta e um ou dezessete, pouco importa, melhor assim seria do que já era.

Ali ia o homem margeando o rio que margeava a cidade que margeava sua vida. No limiar dos seus limites amanhecia o amanhecer, embora ainda estivesse um pouco escuro e se iluminasse das luzes dos postes e da matina. A princípio, impercebeu que rumo ou rota seguia, tão somente continuava, como se o continuar fosse a tarefa dos que ficaram. Quando por si se deu, logo compreendeu que o longo muro que o seguia feito cachorro sem dono e que se findava em um largo e elevado portão de ferro era todo o cemitério. Plantado como um poste se planta, aguardou o dia, com suas claridades e consequências – acaso passasse alguém no adiantado daquela hora, imaginaria ser ele uma assombração. Quando abriram o pesado portão, não se importou com o susto do zelador, continuou. Consigo não trazia nada além da roupa do corpo e suas lembranças, lembranças estas que depositaria, que nem flores, no jazigo onde estavam os nomes da sua família.

Se me perguntarem se ele voltou ou se ele ficou, não saberei neste instante responder. O que apenas sei foi que ele não escutou, ou não quis ouvir, quando o zelador, educada e timidamente, pronunciou um distante, como distante é o mar:

– Feliz ano novo

a senhora de todas as coisas

Agora que todos se foram, ficou o silêncio inteiro da casa, rangendo por entre escuros móveis pesados e objetos vários de decoração e recordação. Sentia-se igualmente uma ilha, cercada de pretéritos, lembranças, fantasmas e um acumular incômodo de anos de mais de três quartos de século de uma breve chama ainda por se findar.

Quando morrer – sabia, com a certeza inabalável daqueles que já enterraram tantos, que não será tão longe assim –, tudo ao redor de pouca ou nenhuma serventia terá, à exceção da mobília herdada de seus ancestrais e um ou outro pertence, como a prataria, o castiçal, os vasos e as louças portuguesas e as molduras antigas onde se acha aprisionado o passado impresso em papéis amarelecidos pelo tempo que retratam o exato instante de um ontem carcomido de distâncias, hoje extinto. O resto, para os outros, são badulaques e quinquilharias de uma velha, do mesmo modo os retratos com seus rostos, poses e sombras, a falar de uma época que teima em resistir na última sobrevivente que era ela.

Ninguém, além de si, ainda vivo, conhecerá seus tios, avós e pais. Ninguém também há de reconhecer naquele longínquo vulto de menina magra de olhos assustadiços e laço enorme na cabeça, a velha que aqui está: movimentando-se com lerdo cansaço, em meio a seus tesouros inúteis e migalhas sobrantes de uma vida. As molduras, sim. Talvez tenham valor em lojas de antiguidades, porém os retratos – ah, os retratos! – decerto terão seu fim; incinerados ou rasgados; ou terão a rara sorte de serem vendidos a preço barato em alguma quermesse, para ornamentar e adornar restaurantes e bares temáticos quaisquer.

Agora que todos se foram, era a única zelosa guardiã de sua história e dos seus desaparecidos. No sossegamento da velhice sem pressa, espana e varre poeiras e resíduos deixados pelos recentes partidos na sala habitualmente limpa e ajeitada, como se sempre estivesse pronta a receber visitações cada vez mais esparsas. De fato, a higiene do ambiente e o perfumado das coisas gastas mais se assemelhavam a um túmulo bem cuidado, jazigo sem lápide cujo sepulcro era uma homenagem à menina de outrora, preservada e oculta das curiosidades alheias. O mundo, assim, não tinha ciência de que naquele espaço bolorento de passados, apertado de tantos cacarecos e bugigangas, uma velha e uma menina mantinham, mudas, a derradeira e a mais solitária das batalhas.

A velha de então encarava a menina de antes com ares saudosos de melancolia. Já a menina enxergava, de lá de trás de onde fica o início dos retratos, a anciã em que se tornara: oposto dos sonhos e amores infantis. Se tivessem os retratos sabor, teriam o gosto amargo e azedo das frutas estragadas pela ausência das colheitas.

Agora que todos se foram, pode percorrer ela com tranquila suavidade a planície dos móveis e dos objetos, como quem acaricia uma face, um peito ou um dorso. No acarinhar das mãos revisita, sem sons, sua memória de madeiras, metais e vidros, silenciosamente contida em cada coisa e por cada canto de toda a casa. No amanhã sem ela as coisas voltarão a ser o que sempre e apenas são: coisas. Triste destino este dos objetos de um morto: não significarem mais nada, nenhuma história, nenhuma recordação, nenhuma impressão, nenhum relato. Os pertences de um dono que não mais existe são tão mortos quanto seu próprio dono.

Agora que todos se foram, a noite cada vez mais se separa do dia. A escuridão vem veloz, sugando o sol das ruas e as parcas luminâncias da casa (de dentro, a velha senhora parece preferir seus pessoais crepúsculos). Por toda uma década, a última década, nada fora alterado no interior daquela casa. Há muito não adquiria objetos ou peças, muito menos tirara retratos. Nenhum móvel chegara, nenhum móvel saíra. Tudo estava inerte e perene, como se a eternidade terminasse ali. Tudo continuava fielmente no mesmo lugar à espera de que ainda houvesse um alvorecer. E embora já seja bem noite não precisa acender lâmpadas ou luzes, pois sabe de cor todos os trajetos, passeios e trilhas de seu território. Passo a passo, palmo a palmo, vai se recolhendo a mulher sem perceber, contudo, que no fundo das sombras e dos retratos, a menina lhe acena discretamente um adeus, perdoando-lhe a vida

um inverno em pleno verão

Ele quase a encontrou naquela tarde em que o cinza encobria os móveis, as coisas e as pessoas, derramando-se por todos os cantos, quinas, paredes, chãos, tetos... feito luminosidade tardia de um anoitecer. O céu inteiro anunciava a chuva que não vinha, enquanto o homem de meia-idade vivia a sobra-metade de uma espera. Este homem, em sua incessante busca sem espantos em meio a tantos rostos que não o dela, era como a tarde, enfraquecendo-se de brilho no passar do intervalo passageiro do dia.

Se ao menos soubesse como ela seria, talvez assim o ajudasse a libertar dos olhos tão prisioneiro sonho. Sonho sem rosto, vulto, forma ou face, de inominada morfologia, cujo nome, acaso nome porventura tivesse, escreveria em seus cadernos com angulosas letras cheias de eternidade. Por dela nada saber, a não ser o que o sonho a si falava, restava-lhe procurar aqui, ali, acolá, em cada mulher que dele se aproximava, o reconhecimento de tamanho amor ainda não amado. Conhecem aqueles que amam sem objeto o esmagamento sufocante que sofre o peito ao pulsar (e pulsar inanimados afetos) na destituída reciprocidade de um vazio.

Na tarde em que tardava a chuva, encontrava-se ele no aguardo de um presente tão distante quanto o futuro é de um passado. Intervalava-se assim entre nenhuma esperança e saudade alguma. Sabia ele o certo de não ter esperanças, o que tinha era a necessidade da crença. Acreditava muito mais na procura que no encontro, pois o achar finda sempre a busca e era ele ali a vida inteira somente um homem de procuras. Procurar é viver, pensava ele, enquanto alegrava-se de frustrações e isentava-se de tédio — embora o tédio acompanhe o homem, qualquer homem, em seu percurso pelas tardes indefinidas de chuva.

O mormaço era enorme e morno, ao tempo em que a chuva era promessa.

Maldizia em horas essas a falta de verba e o ar-condicionado jamais comprado. A biblioteca ardia de abafamentos, na elevação serena e monótona da temperatura, porém não mais e muito menos que o aquecimento do aconchegado sentimento, o qual puxava ainda mais próximo ao peito, como se quisesse agasalhar-se da frigidez indiferente da própria alma. De que adianta a proximidade dos corpos, se o que se quer é a fantasia do amor incarnalizado? O corpo é o espaço de onde se secretam encerrados prazeres liquefeitos; já o romance habita o onírico. Um homem que assim ama o amor que não ousa achar seu depositante corpo entende que o amor não é cor-de-rosa, tem ele a cor dos sonhos que é a pigmentação incolorida que colore imaginosamente todas as ilusões.

Assim constrói o bibliotecário suas tardes invernosas de verão, com a inutilidade de suas impalpáveis buscas. Ilhado em seu burocrático ofício de anos de retirar e guardar livros, protege-se do mundo corpóreo e da gravidade dos seus arriscados toques por detrás do balcão donde olha as passantes como quem vê, apoiado no peitoril de uma sacada, a lonjura das ruas. O longo e linear balcão o aparta de todos, pois também sabe ele (entre tantos livrescos saberes) que só sofre de separações quem se separa de quem, um dia, dela se aproximou. Sonhos não machucam ninguém.

Havia sempre um quase em todas as mulheres que, frente ao balcão, passavam. A meia-vida do bibliotecário era de quases, bem como a outra metade que ainda lhe viria. Era-lhe o mundo, portanto, constituído de dois lados: o lado de cá do balcão em que há a nostálgica lembrança dos passados extintos e o lado de lá, onde o amanhã jamais será ontem, pois é o futuro apenas quase. No lado de lá reside a feliz solidão de um sonho não consumado.

Coberto de cinza como de cinza estava seu redor, aguardava mais uma vez o homem que era meio-bibliotecário e meio-sonho. Não fora ali naquela tarde que ele a encontrou e muitas são as tardes de uma vida. Os primeiros salpicos de chuva manchavam as mesas próximas das janelas abertas. Eram pingos frágeis e curtos, aumentando o mormaço, agora também cheirando o sujo quente das calçadas. Decerto a tarde ainda seria longa e logo choveria, e, em dias como aquele, o quase é até então muito menos que um triz. O bibliotecário providenciou fechar as janelas e guardar os livros revestidos de cinza. Era hora também de guardar os sonhos temporariamente e, encerrando os livros, encerrou a tarde

o azul por detrás da noite

O azul foi engolido pela enorme boca negra da noite. A cidade, como que em festa para esconder o medo, clareia-se outra vez, derramando suas luzes pelas calçadas e as pessoas nelas. O dia, agora reinventado no sumiço do sol, é tão elétrico, químico e falso quanto tudo o que habita e reside no ventre da noite. A artificialidade brilhosa e fluorescente e a luminescência piscante das ruas confundem-se com a multidão de vampiros que vagueiam por entre bares e cantos, sugando ilusões. Iluminada, a noite desaba inteira e fogosa sobre a cabeça da cidade.

O barulho da sirene da ambulância passageira interrompe o prolongado cochilo, acordando-a. Às escuras a casa parece inexistir e, com ela, suas recordações, embora permaneça lá — e meticulosamente arrumada, como antes estivera. Temendo enxergar-se na impossibilidade de ver, tateia o relevo da parede e suas imperfeições, em busca de interruptores. Mais rápido do que um pensamento, retornam a ela os objetos, os móveis e todas as coisas com as quais reafirma sua memória de décadas. Tudo lembra épocas e pessoas ausentes ou que também se foram, como se toda a casa fosse feita somente de azul.

Logo se percebe sozinha em meio ao silêncio de suas histórias — não há mais a ruidosa algazarra dos filhos, a encher os espaços de coloridos sons azulados. Ele ainda não está: o vazio da poltrona ao lado, em frente ao aparelho de TV, denuncia a costumeira demora; porém tem ela ali, como eternamente tivera, a lerda certeza do seu impreciso retorno. Conhece-o bem, após tantos anos, que é sabedora das repetidas impontualidades do seu homem de meio século. Vê-lo chegar, sobrevivente das ruas, fora tarefa de sua vida inteira e, com resignada aceitação, recolhia, como ainda recolhe, as paisagens em suas roupas ao cesto na lavanderia. Jamais houvera ele de conhecer notícias de suas inquietas insônias. Chegasse cansado, bêbado ou triste sempre a encontraria em dissimulados sonos, de onde, através dos cerrados olhos, mirava a madrugada que dormia entre os dois.

Para passar o tempo, o tempo da espera e da colheita, rezava aos santos inúmeras preces aprendidas de sua mãe, assim como sua mãe aprendera de sua avó e esta da avó desta e ela de seus outros ancestrais (o terço e a novena eram-lhe assim ecos de vozes quase medievais). Deus lhe vinha de tão distante, de remotas eras, herdadas muito antes das caladas bocas já mortas nos retratos espalhados por toda a casa. Lá, nos dias primordiais em que se encontram enterradas sua infância e mocidade, rosnam e ladram os nomes que a fizeram de barros e água, como as frágeis argilas e gessos dos moldes dos seus santos. Incontáveis Ave-marias e Padre-nossos a separam do seu início e do seu término.

Uma fina garoa molha e esfria a noite. Pelo vidro umedecido da janela espia, preocupada, o caminho murado e arborizado da volta. Ele, como de comum e habitual, saíra sem guarda-chuva ou capa. Prepara-lhe o pijama sobre a cama e, debaixo dela, os chinelos de couro com que o presenteara em suas bodas de ouro. Separa as toalhas inusadas e perfumadas de amaciantes de roupa e aquece a sopa para que ele, ao chegar, a tome ainda bem quentinha. Arruma sobre a mesa pratos, talheres e copos, dispondo em sequência os compridos: primeiro os brancos e em seguida os rosas, os marrons, depois os amarelos e por último os azuis, como quem prepara carinhosamente um arco-íris. Não precisaria falar para ele o tamanho da imensidão de seus afetos, apenas o banharia de álcool para que não apanhasse gripe, servindo-lhe um chá de alho e limão para, após, deitar-se à cama fingindo dormir.

Quando ele chegar, seja de onde vier, encontrará ela com a mesma inesquecida ternura, como se seu homem viesse de cinquenta anos atrás, trazendo-lhe de volta, em seus grandes olhos esbugalhados, o azul de um imenso e ilimitado azul, tão azul que espantaria de vez e para longe toda aquela prolongada noite

sob o brilho das estrelas mortas

Uma a uma as luzes vão se apagando. Como em um ritual diário as pessoas regressam aos seus lares, e em instantes todo o andar térreo do prédio transforma-se em um enorme cemitério de carros, não fosse apenas ela, sentada na rigidez inexpressiva de um banco de granito, e o vigia que se acomoda em seu costumeiro canto feito quem se despede após haver cumprido sua derradeira tarefa. Embora não faça frio, ao contrário, veste um largo e usado sobretudo, maior que ele, com o qual se agasalha não do tempo e suas intempéries, mas dos mosquitos e das muriçocas que, naquele adiantado da hora, ziguezagueiam zumbindo seus sussurrantes gemidos de amores irritantes. Talvez por hábito ou necessidade da companhia, sustenta o vigia com o ombro esquerdo o rádio quebrado desde ontem e, encostando nele, o ouvido fica a escutar coisa alguma.

A luminosidade advinda do quarto do apartamento 101 deixa à mostra a mulher sentada sobre si, a espreitar seu restrito entorno de ausências, enquanto o vigia adormece lentamente, embalado pelos mudos cânticos de suas memórias. A parca luz e o muito escuro dão a seu rosto e corpo um sombreado ar barroco, porém sem enfeites e adornos. Acaso alguém ali a visse haveria de ver e descobrir, por detrás daquela magra silhueta mais fina e mais transparente que sua própria sombra, toda a imensidão de sua mais profunda tristeza nordestina. Já o pouco que, dela, resta existir inexiste no adormecer tranquilo e sem roncos do vigia ao canto. O silêncio do rádio não é maior que o silêncio da noite.

Uma a uma as luzes dos apartamentos vão também se apagando ao ritmo de cada recolhimento e desligamento. Não há vida nos dormentes apartamentos das pessoas que dormem, apenas sonhos — muito embora sejam os sonhos vidas invertidas. O contrário da vida, sabe bem ela, jamais é a morte, posto que é extinção, mas os sonhos que, em suas renúncias, reedificam a vida em insólitos alicerces de fantasias. Daqui a pouco, quando em sua tonalidade não houver mais qualquer brilho, o prédio inteiro será a negação do que antes era. No antiprédio que se forma em sua logo noturna forma, sones e insones vaguearão a breve madrugada em existências diversas dos acordados. Contudo, ainda persiste e resiste a tímida luz do apartamento próximo, e a mulher que debaixo de todas as estrelas medita como se ouvisse rádios quebrados.

Em cima da última luz as estrelas a iluminam. Aprendera, quando estudante menina, que no céu cintilam estrelas tão remotas dela quanto ela, da menina. Se as estrelas brilham, lembra e pensa, mesmo após sua distante morte, por que haveria de ser ela assim diferente? O que se é, então, é poeira luminosa do que antes de si ficou, enquanto hoje sofre o fenecimento das sobras luminosas, até o dia em que, em seu lugar e naquele banco, houver somente o escuro a encobrir dela qualquer registro ou lembrança, assim como agora. Não sabem todos do prédio, mesmo as vizinhas, que, como ela, frequentam o térreo, que é noite de seu aniversário. Ano após ano ninguém lhe perguntou; era como se o seu gradual apagamento se fizesse sem velas ou datas, já que jamais lhe haveria a cronologia com que se conta a vida dos acordados. Essa mulher sem idades comemora ali seu deslembrado aniversário junto ao vigia que, próximo a ela, tinha a mesma distância e indiferença das estrelas.

Acende o cigarro. Deixaria de fumar, quem sabe, se tivesse a quem prometer. O primeiro queimar da brasa avermelha a noite. Agrada-lhe a ideia de que a anos-luz dali, um dia, outros olhos olharão o céu no lado oposto e fitarão o brilho de sua recente chama, a que lá também chamarão de estrela. Quando o escuro nela se fizer e não mais existir o vigia, o banco, seus mistérios, até mesmo o prédio, e quando não mais houver sequer as cinzas das cinzas de seu cigarro, ainda estará ela, alumiando as afastadas noites solitárias de alguém. Aquela já consumida repentina chama é sua única doação, transformada após séculos na rápida estrela de sua vida inteira.

A lâmpada do quarto do 101 se apaga. Ela também apaga, com o pé, o que do cigarro sobrou, queimando a sombra desaparecida no desaparecimento da luz. O vigia, imóvel, permanece inerte, encostado aos pilotis, com a insonoridade do seu rádio. Será ele cedo o primeiro a acordar? Levanta-se a mulher sem brilhos e sem idades. Em seu bolso não traz mais cigarros — amanhã novamente os comprará, como novamente se sentará no banco de granito, a temer despertar de seus sonhos de estrelas.

Recolhe-se como quem fecha a porta da noite, sem barulhos para não assustar o dormente, deixando atrás de si o esquecimento e o silêncio

o céu da memória

O estampido foi seco e súbito, apesar do repentino estrondo ecoar, inominado, pelas paredes molhadas de mim por um longo tempo (partes de quem fui escorrem aos poucos por estas paredes, até que a faxineira apague de vez minha presença, xingando-me o trabalho extra).

Alguém ao redor, possivelmente sobressaltado, deve tê-lo confundido com o barulho emitido de um cano de escape furado qualquer, muito embora fosse hoje domingo e lá embaixo não passasse nenhum veículo, somente poucas e insistentes pessoas que se dirigem às suas missas, grávidas de rezas e promessas.

Depois de uma hora e um quarto dela, quando não mais existir, retornarão aliviadas, preparadas e prontas para os inevitáveis pecados da próxima semana. Portanto, o mundo indiferente não presencia meu derradeiro ato, momento em que senhor e soberano do meu anônimo fim, pelo menos uma vez, recuso o presente e encerro o futuro que agora não me é mais nenhum susto.

A vizinha ao lado cantarola uma canção desconhecida, enquanto estende lençóis nos varais. Ela não me ouve, não porque seja surda, mas porque nunca me ouviu. Contudo agora a ouço cantarolar alegre sua canção, até que suma após o zumbido. Não sou quem morro em um tiro, é minha consciência que se livra de mim e, desaparecido dos relógios e de seus imperativos, desaposso-me do corpo como quem rasga do caderno uma folha de papel usada com seus borrões ilegíveis. Se ali estivesse escrito um poema inacabado, seria eu um amontoado de versos inéditos, cujo destino se consumiria em uma lata de lixo mais próxima.

Consola-me pensar que os papéis são recicláveis e um dia retornarão em novos cadernos ou livros, ou ainda em bonitos embrulhos de presentes de Natal. Onde está o anjo negro da morte a gelar-me a face, retirando-me a vida com seu beijo misericordioso de despedida? Sempre escutei falar, e carregava em meus mais terríveis pesadelos que morrer era encobrir-se de negrumes e silêncios; todavia há mais brilho e som do que antes já vira ou escutara.

Enganaram-se os mais velhos da minha infância: não há ninguém a me dar boas-vindas, a morte é um deserto de céus e infernos, uma incomedida ausência de arcanjos. Não reencontro meus perdidos, porém as lembranças que herdei. Flutuo incorpóreo por entre recordações recentes e antigas, a tal velocidade e rapidez que me é impossível distinguir quando as repasso em mim; é como se a cada instante o outro instante fosse o mesmo instante deste instante.

Devolvo-me à minha história, não mais como um passado, mas como um contínuo e infindo presente que jamais se encerra. Inexiste alma, agora bem sei, e é uma pena, pois sem ela não posso ir a lugar algum. Libertei-me do tempo e de suas fronteiras para me aprisionar na imortalidade das memórias, fixando-me em mim feito um pião a rodopiar, sem vertigem, em torno de seu próprio eixo. Assisto sem emoções às minhas remotas emoções. Acaso antes soubesse que os mortos não encontram a morte e sua curva foice, mas os mortos que já trazem dentro de si, não teria me matado tão cedo, pois ainda me somariam os sonhos — essência dos vivos.

Como só relembro o que presenciei, assim também meus pais nunca me verão neles adulto, sou uma criança morta que não pôde crescer. Impacienta-me o tédio de me repetir, de me repetir, de me repetir, já sei quem sou e o que continuarei a ser, já não sou um projeto nem alternâncias, sou somente constâncias. Enfado-me, não me basto.

Gostaria de ter um segundo, apenas um breve segundo, para poder me matar, pois morto, matando-me, poderia nascer de novo para o novo. Perdi tantas missas que já não sei orar a Deus para suplicar-lhe o meu breve segundo mas, talvez, Deus não seja como minha vizinha, e um dia me ouça. Alguém tem que me ouvir; alguém está me ouvindo? Para onde foram todos? Onde está o mar, para que eu possa enviar mensagens em garrafas? Nem sequer tenho mais papéis; quem mandou jogá-los fora? Não sou um náufrago em uma ilha, eu sou a própria ilha cercada de mim por todos os lados. Deem-me uma caneta e uma folha em branco e escreverei inutilmente: aqui jaz um morto que não se mata, simplesmente vive a interminável eternidade do desejo

novembro

Dizem as antigas tradições que novembro é o mês em que os deuses do amor se reúnem para decidir o destino amoroso dos mortais. Pois é, quis o destino que eu nascesse em um distante novembro do século passado. Desde então, para mim, todos os meses e todos os dias são novembro. Não aceito desaparecer em um mês que não seja novembro. Se em novembro aqui cheguei, se em tantos novembros aqui vivi, é justo que novembro seja o dia do meu definitivo acabamento. Que em minha lápide um dia se escreva: "aqui jaz um homem que viveu entre dois novembros".

Novembro é o mês em que todos os meus anos se encontram. Em novembro sou menino, homem, adulto, velho e não sou ninguém. Em novembro não tenho idades; somente saudades. Reabre-se em mim a janela da nostalgia de todos os meus mortos: os antigos, os recentes e os futuros. Em novembro, vivo de lembranças e evito cumprimentos. Sou como Fernando Pessoa que dizia: *no tempo em que festejavam o dia dos meus anos, eu era feliz e ninguém estava morto*. Sou sobrevivente de mim mesmo e de minha história. Estou durando, mais do que antes pensei que durasse. Porém não estou melancólico, carrancudo ou tristonho. Estou jovial neste meu corpo envelhecido de tempo. Estou feliz, seja lá o que isso for. Espero poder assim continuar e um dia sumir em uma terminante noite alada.

Estou feliz porque não estou triste. A vida já é algo tão restrito e mínimo para desperdiçar os restantes minutos com o padecer de tristuras. Deixo aos apressados a sofreguidão de tantos açodamentos. Hoje não tenho mais pressa, afinal à frente me espera o nada, o vazio e a coisa nenhuma. Deixem-me, pois, quieto, aqui neste novembro. Há aqueles que aspiram eternidades. Não eu. Modestamente desejo apenas a infinitude do mês em que nasci. Deveríamos nascer para não ter fim.

Que me perdoem os incautos. Não ousem ligar-me para lembrar do adiantado das horas. Já me basta o escoar persistente da areia da ampulheta, a esbranquiçar meus minguados restantes fios de cabelo. Deixem-me apreciar em silêncio este mês tão interminavelmente temporário. Não quero vozes, cartões ou mensagens. Tão só, quero-me. No dia da minha data banquetear-me-ei com as lembranças, os sonhos, os desejos, as esperanças, meus fantasmas... e mais ninguém. Já me são tantos os convivas a saborear o festim dos meus derradeiros natalícios, e não há espaço para mais nenhum presente. Não queiram brindar-me com perfumes, camisas ou quinquilharias; afinal possuo tudo o que quero: desde a mulher que escolheu comigo envelhecer, de quem tenho a presença dos finos traços de seus afetos delicados, à minha filha única e de mim herdeira, de onde terei a imortalidade que ora não possuo guardada sempre em sua memória.

Existo e convivo entre o que não consegui ser e o que nunca serei. De todos os irmãos que nunca tive e jamais terei sou o mais diferente. A moldura em que me pintei não há igual. Deve ser por isso que muitas vezes faço tudo ao contrário, menos voltar para trás. E já se vão uma dúzia de lustros. Mais da metade, bem mais, da caminhada. Na estrada em que sigo não há calçadas nem beiras. À frente esperam-me aqueles que festejavam os dias dos meus anos de menino.

De novembro a novembro prolongo-me um pouco mais. Porém, neste novembro que se descortina, terei a idade última do meu pai. Saúdo-te, pois, novamente, novembro. Em breve despedir-me-ei de ti e serás mais um mês a fazer parte do meu baú de ossos. E quando a melancolia de dezembro de mim outra vez se apoderar, é que ainda estou aqui e estou vivo. Ainda bem

para além dos arredores de mim

Sou mais vasto do que sei que sou. Eu sei. Além das cercanias em que me encontro encolhido, habita um Joaquim bem maior e mais amplo do que todo o somatório de minhas familiaridades. Meus horizontes visíveis são minhas cercas. Mas como posso saber quem sou se não sei quem sou após as muradas que vejo quando me vejo? Serei, como diz Pessoa, sempre aquele que não nasceu para isso? Serei somente aquele que só tinha potencialidades e qualidades? Ou serei como um Vladimir ou um Estragon, que nada mais tendo a fazer da vida (ou na vida) vivem a esperar um Godot que nunca chega? Ou serei ainda sempre um homem adiado, uma promessa que nunca se realiza, uma inquietude perene e quieta por debaixo dos contornos de minha máscara? Será que em minha lápide nada mais será escrito senão as datas em que nasci e morri? São tantas as desculpas que crio para continuar a não fazer o que até agora não fiz. Minha mendicância é vivida de sonhos onde neles sou o inverso de mim.

Quando deixarei de sentir saudades de quem não fui? Acomodei-me confortável a esta metade de mim. A estrada que percorro não tem piso de tijolos amarelos — mas para onde ela me leva, se até agora só consigo chegar aos limites de minhas redondezas? Devo ser alguém mais e além de minhas periferias. A estrada em que ando andando não foi feita por mim nem para mim. Então, por que nela prossigo? Porque não existe um caminho para mim; sou eu quem faço meu próprio caminho em meu caminhar.

Samuel Beckett, em seu texto teatral *Happy days* compõe um longo monólogo, em que a personagem Winnie encontra-se enterrada até a metade de seu corpo. O tiquetaquear de um relógio marca a passagem do tempo e a hora de dormir e a hora de acordar. E Winnie repetidamente diz, dia após dia: *ah, bem, seja como for,* é o que sempre digo, foi um dia feliz apesar de tudo, outro dia feliz. E aos poucos, com o passar dos dias cênicos, Winnie vai se soterrando até o pescoço. Sim, vive-se assim: de um aguardar infindo e de uma esperança que não se conclui.

Não me basta mais o que já sei de mim, pois de mim já sei demais. Quero-me além dos arrabaldes e após os subúrbios. Não sou tão mínimo assim para existir uma existência só de *murmúrios e grunhidos do berço até o túmulo*. Sou como aquele personagem do poema *Tabacaria* de Fernando Pessoa, pois *não sou nada, nunca serei nada, não posso querer ser nada, à parte isso, tenho em mim todos os sonhos do mundo.*

O universo da alma humana não é menor do que o universo físico. Porém, emergir de si não é fácil ao humano, pois é necessário ir além das grades e das cercas impalpáveis, porém sensíveis. Os tijolos que edificam o muro que nos aprisiona não são feitos de barro ou argila, mas de medos, vergonhas, receios, culpas e pudores. O cineasta russo Andrei Tarkovski, em seu filme *Stalker*, por exemplo, nos oferece uma história cuja ideia central gira em torno de uma odisseia pela busca da cura dos medos e das inquietações pulsionais. A história se passa em uma região onde houvera caído um meteorito e cuja entrada não era permitida, por forças militares. Corre o boato de que quem chegasse perto de onde caiu o meteorito poderia realizar todos seus desejos. Uma pequena expedição de dois homens, guiados por um nativo humilde da região, consegue furar o bloqueio. Mas também corre a lenda de que, para se chegar à zona do meteorito seria necessário antes ultrapassar várias armadilhas e perigos. O filme nos conduz lentamente por entre armadilhas e perigos que nunca acontecem. Nada acontece. Nem mesmo a realização plena dos desejos.

O transcender das cercanias nos amplia para dentro. Mas é árduo, sempre é, o longo e interminável caminho entre quem sou, quem gostaria de ser e quem eu posso ser. Para empreender tal infinda jornada é necessário ter coragem pessoal para renunciar ao mundinho que habito – e muito mais do que coragem, pois, como afirmava o psicanalista Heinz Kohut, as ambições nos impulsionam e os ideais nos puxam. Uma vez cruzada a porteira que separa a alma que sou da alma que posso ser não há mais retorno ou regresso. É como disse, certa vez, o poeta chileno Pablo Neruda, *quem volta jamais partiu*.

Quando daquela porta passar, quando as cercas ficarem às minhas costas, não mais serei o mesmo. Não posso mais ser o mesmo. E lá chegando, pois depois dos muros sempre se chega a algum lugar, encontrarei outra porta e outras cercas que também devo ultrapassar até a próxima porta e novas cercas. Nunca nos livraremos das cercas e de suas portas, contudo, agora ou mais adiante tenho mais espaço no curral para caminhar – e ainda posso ampliar. O ampliar termina somente quando eu findar.

E porque ainda não findo é que devo me exceder e me suplantar. E seguir em frente e continuar... Até o dia em que meus fantasmas se vestirão de luto por mim

a melancolia do escorpião

Segundo o zodíaco, o signo de escorpião abrange os nascidos no período entre 24/10 e 22/11, como eu. É típico, para alguns escorpianos, o sentimento de melancolia que os acomete em seus aniversários, bem como os sagitarianos, que são aqueles nascidos entre 23/11 e 22/12.

Na verdade, talvez não tenha nada a ver diretamente com signos, mas sim com a subjetividade de algumas pessoas, independentemente de sua data de nascimento. Estou a falar dos estados depressivos que acometem muita gente no período que antecede o final do ano. Quadros de melancolia em final de novembro e no mês de dezembro são bastante comuns, até mais do que se pensa. Determinadas épocas do ano e suas celebrações levam as pessoas a reagirem de várias maneiras: com euforia, com tristeza, com esperança, com recolhimento, com reflexão, com alegria e até mesmo com silêncio. O Natal e o Ano Novo são datas que deixam um número considerável de pessoas com humor deprimido. Trata-se de uma depressão ocasional, localizada e passageira. Uma depressão de aniversário, isto é, um momento depressivo com data marcada.

Natal e Ano Novo são datas que, inevitavelmente, nos remetem à infância e ao passado. Ser adulto é ser alguém que já passou por diversas perdas, separações, mortes e lutos (concluídos ou não). E o Natal e Ano Novo, assim como os dias de aniversário, são épocas de forte apelo reminiscente e regressivo. Como bem descreve o poeta português Fernando Pessoa, em seu poema "Aniversário", quando diz: *no tempo em que festejavam o dia dos meus anos,/ eu era feliz e ninguém estava morto*. E há adultos mais vulneráveis do que outros, mais saudosistas do que outros e mais melancólicos do que outros. Para muitos adultos, o final de ano evoca ou invoca um certo sentimento de desamparo, desânimo, tristeza e nostalgia. Assim, o que é festivo para alguns pode ser inquietante para outros.

Natal tem um forte significado familiar; enquanto Ano Novo, de renovação e de esperanças, balanço e projetos de vida. É normal, pois, que se fique suscetível aos apelos que esse momento do ano provoca e são por demais reforçados pela mídia, principalmente pela publicidade e seus interesses assumidamente comerciais. Em meio ao colorido piscante das luzes natalinas, coabita um ar de silente clima deprê (*Christmas Blues*).

John Lennon, certa vez, cantou *so this is Christmas/ and what have you done?* ("então é natal/ e o que é que você tem feito?", em tradução livre). Fazer-se essa pergunta pode ser desconcertante, pois nos coloca frente a frente com reflexões existenciais poderosas sobre os nossos êxitos, nossos fracassos, insucessos, frustrações, vitórias e derrotas, ganhos e perdas. O Ano Novo, principalmente, parece nos impor cobranças. Na retrospectiva de nossas vidas até então pregressas podem-se ocultar feridas incuradas, sonhos inconsumados, lutos não suficientemente elaborados, mágoas conservadas, bem como perdas e mudanças ainda não aceitas. *Sentimento ilhado/ morto, amordaçado/ volta a incomodar* (Fagner). É meio caminho andado para a baixa autoestima, menos valia pessoal, autocomiseração e desesperança. Nesse sentido, tais festividades funcionam como gatilhos para depressões hibernantes.

Não tem coisa mais autoenganosa que promessas de final de ano. Prometer a si mesmo que no próximo ano mudará e que nada mais será como antes é balela mental. Mudar — que já não é uma coisa fácil, embora possível, mas processual — não tem data e hora marcada. Não é abrindo champanha e pulando sete ondinhas à beira da praia, ou se vestindo de branco, ou contando até dez e, no estourar pipocante dos fogos, abraçar a pessoa ao lado, que sua vida ou você vão mudar. Quer mudar, mas mudar de verdade, ou ao menos quer começar a tentar? Então comece agora ou quando se sentir pronto para tal. Não se espera por convenções e convencionalismos. Mudar é, por natureza, anticonvencional. Mudar não é revolução, porém evolução; uma árdua, contínua e oscilante evolução.

Pois é. E lá vem mais um Natal e mais um Ano Novo. Parece que a grama do vizinho é sempre mais verde; isto é, por que as pessoas se contagiam de tanta alegria e esta pessoa que é você não? Tudo brilha, menos você. Os símbolos natalinos têm cheiro dos queijos e passas infantis, os de hoje têm o desagradável sabor mofado e cheiro putrefato do cadáver de Papai Noel. Decididamente você se sente um peixe fora d'água, um estranho no ninho, uma pessoa que não foi convidada para essa festa.

Inevitavelmente o Natal é confrontativo. Tudo nele parece conspirar para que o sujeito mergulhe dentro de si e se depare com uma gama de afetos que durante o resto do ano ficam ali, caladinhos e hibernantes, na maioria das vezes. É como se todo aquele apelativo brilho clareasse áreas antes escurecidas, e feridas profundas acordassem, ao som de "Jingle bells".

Quem olha, de sua varanda, a casa dos outros, parece se deparar com famílias felizes e bem resolvidas. E no faz de conta natalino mercantil, mais que nunca, a frase de Tolstói foi tão verdadeira: *todas as famílias felizes se parecem*. E não somente as famílias alheias, mas igualmente a família do passado infantil, que guardamos em nossa memória, muitas vezes edulcorada pelo olhar ingênuo e idealizante da criança que um dia já fomos e da qual nunca nos livramos totalmente.

Sim, Natal e Ano Novo para muitos não são dias fáceis, pois descortinam áreas em nossas vidas e interioridades pendentes e/ou paralisadas. E, na extradimensionalidade dos afetos e lembranças reprimidos, a alma humana sofre hoje de inexistências e finitudes. Pessoas assim têm hora agendada e dia marcado para deprimir e se angustiar. Pessoas assim sentem na pele e por debaixo dela o que afirmava Oscar Wilde: *por detrás da alegria e do riso pode haver uma natureza vulgar, dura e insensível. Mas, por detrás do sofrimento, há sempre sofrimento. Ao contrário do prazer, a dor não tem máscara.*

E todo ano é aquela mesma coisa. Os dias vão passando, e novos natais e finais de ano vão se aproximando. E vem aquele incurável sentimento de não pertença a incomodar, mais uma vez. E a gente quer se enterrar e se esquecer, mas não pode e nem consegue. Não é de fora que se esquiva e se foge; é de dentro. E de dentro só se foge quando os gatilhos não são acionados.

A relação entre psicopatologias da vida adulta e a infância é bastante estudada e muitos trabalhos publicados identificam a associação, por exemplo, entre perdas significativas na infância e depressão na vida adulta. Alguns autores, inclusive, sugerem que as chamadas "reações de aniversários" constituem uma espécie de subgrupo dos transtornos afetivos sazonais. É próprio da natureza humana guardar, na memória, seus tempos infantis e juvenis. Alguns os conservam com mais nitidez e intensidade do que outros. São lembranças de um período muitas vezes colorido e adocicado, que parece até transbordar de brincadeiras e felicidades. Tempo em que, como diz Manuel Bandeira, a casa dos avós era impregnada de eternidade. Naquela época nunca pensamos que a época um dia acabasse.

Por isso é que, para muitos (estima-se algo próximo a 30% da população geral), sentimentos depressivos começam a dar seus primeiros sinais em meados de novembro e se estendem até o segundo ou terceiro dia de janeiro. Principalmente para quem, como os escorpianos, faz aniversário em novembro: são praticamente dois meses de repetidas angústias e melancolias.

Decididamente meus pais deveriam ter-me feito taurino, aquariano, capricorniano ou leonino

anjo roedor

O homem de terno branco cruza a ponte, corta a tarde, atravessa a vida. Com passos curtos e comedidos, equilibra-se pelas ruas, rumo ao mesmo banco de praça, no qual habitualmente se recolhe às lembranças e seus fantasmas. Era sua maneira rebelde e justificada de ausentar-se do presente.

Detestava entardeceres; assim como o sol, sentia-se definitivamente melancólico na noite que se avizinhava e que os engolia com sua imensa boca negra desdentada, faminta de bêbados e amores. Nem mesmo a lua ou as estrelas podem lhe fazer companhia em um lar vago de filhos e gatos. Quando em casa, percebia-se como sobras de juventude rodeada de escuridão por todos os lados. Não, não queria ser uma ilha. Desabitado, percorria as esquinas à cata de outros que, como ele, não suportam os rostos denunciantes e os ruídos do silêncio dos móveis e dos retratos.

O homem de terno branco carrega consigo um velho livro de poesias usado e uma carta escrita há anos que nunca enviara, pois, sabia, ela jamais a leria. Uma carta não lida, pensava, é que nem um aborto, ou um projeto que não se realiza, ou um barco que não encontra seu porto. Uma carta sem olhares não existe, é apenas abstração — transforma-se em testamento.

Janeiro hoje lhe dói, enquanto se constrói de amargas tristezas, daquelas que murmuram os pássaros quando, de suas gaiolas, aspiram voar. A cidade cresce em torno dos seus sonhos.

O homem de terno branco sempre foi assim (im)previsivelmente triste e só, quem sabe até um tanto desesperado. Porém, houve um tempo, ah! um dia, em que um anjo nevado lhe apareceu subitamente, com seu jeito maroto de menino peralta e os lábios úmidos de madrugadas. Debruçando-se sobre ele contemplou sua aflição, e sem pedir ou avisar invadiu suas entranhas, roeu seu lado esquerdo e depois partiu em busca de outras paragens. Agora não dá mais para se banhar sem ver o vazio que lhe deixou.

Um homem com um buraco no peito não devia andar solto por aí para não assustar os menos avisados. Para ele, esses anjos perfumados são como crianças brincando de amarelinha — e que vontade dá de imitá-los.

Constituído de faltas, o homem de terno branco caminha. Já teve e perdeu uma casa com jardim de papoulas, um cachorro chamado Rex, uma rua cercada de jambeiros, uma namorada que, no alto dos seus quatorze anos, lhe jurava amor eterno. Hoje entende, a eternidade se resume a um álbum de recordações desbotadas e algumas encanecidas.

Já teve e perdeu tantas e tantas coisas que achava esquecidas e, agora, quando a carta lhe volta a queimar as mãos, reconhece o quanto é um ser de remorsos e perdas. O anjo quebrou alguma coisa dentro dele e não dá mais para se enterrar depois de amanhã.

O homem com seu terno branco continua. A estrada parece novamente longe e longa. Anda sem cansaços ou queixas, somente a renúncia de quem não pode mais voltar, embora janeiro ainda lhe doa, uma dor que quer que doa o resto de uma vida inteira

fragrância de pai
À memória de meu pai

Agora que as estrelas já se foram, resta-me a iminência insuportável da claridade do dia. Prefiro as noites e as privações dos seus silêncios, pois nelas me encontro despido dos rituais onde, temeroso, percorro meus labirintos vagos de Minotauro. Quisera a alegria de Teseu, porém nada além me habita do que eu mesmo. O monstro tem minha face e meu cheiro, conheço-o bastante e ele a mim, e não dá para enfrentá-lo em nossa própria arena. O inimigo íntimo é muitas vezes mais um companheiro.

Em mim não há ninguém, somente um imenso e solitário despovoado que me incha por dentro e me alarga os limites do meu confinamento. Até hoje nem sequer sei se já nasci com um espaço vazado no meio ou o herdei no inventário do espólio de minhas perdas.

Metade de uma vida se foi, e tão rápida e tão ligeira que é bem capaz que mal perceba quando a outra metade também se for. Curioso que, quando menino, querer ser adulto era longínquo e os dias jamais passavam. Crescido, os dias continuam não passando, sou eu quem os atravesso como um transeunte em uma rua sossegada de carros. Fazer dezoito anos durava uma eternidade, depois a eternidade resiste pouco mais do que dezoito anos.

A morte não me assusta, pois estou acostumado à escuridão das noites e trago em mim saudades do útero. Se morrer é apagar as luzes e os sonhos, então morrer é regredir ao tempo em que preenchia o vácuo de minha mãe. A existência deve ser apenas isto: uma curva ou um trajeto entre dois escuros. Do vazio saí e ao vazio retornarei; afinal, se o mundo rodeia em órbitas elipses, por que haveria logo eu de ser diferente?

Porém, permaneço um homem de afoitos e medos. Receio os lagos e as denúncias das imagens refletidas, onde a beleza se descongela e me revela o susto do momento. Como se não bastasse a decrepitude inevitável, sobra-me a impossibilidade dos atos. Fujo de fora de mim, recolhendo-me às noites interiores em que, desabitado de espelhos, distraio-me de permanências.

A casa ainda repousa em restos de madrugada. Breve o tilintar dos talheres e pratos e o aroma exalante da cozinha romperão a calma em que encontro no encontro de mim. Logo o murmurinho das calçadas e o canto inquieto dos pardais chegarão, assim como Maria, com seu rotineiro pacote de pães quentes. Gostaria de ser como os postes: eles adormecem quando todos acordam.

Caminho pelos corredores da casa que não ajudei a construir. Antes de mim outros a percorreram, tão insones quanto eu. Quantos desejos estas mesmas paredes já não presenciaram em suas atividades silenciosas?

Agora sou quem espreita, da porta do quarto, o sono da minha filha. Ela está maior do que na noite anterior; só percebo seu tamanho quando dorme estirada, em seus sonhos juvenis, no quarto diminuído de bonecas. Ainda há lugar para mim em suas fantasias oníricas, talvez não mais do que antes. Um dia os filhos perdem os pais, mas somente hoje entendo que são os pais que perdem os filhos primeiro.

É cedo e me preparo para o dia. Em alguns minutos a luz invadirá meus pensamentos, encadeando-me de pressas e riscos.

No banheiro, a escova de dentes me aguarda como sempre. Corto-me levemente ao fazer a barba. Corro para não ouvir bom-dia. Asseado, debruço-me sobre o corpo inerte de minha filha, beijando-a. Imóvel, ela continua em seu estado onírico sem se dar conta da minha presença passageira. Ao despertar trará a fragrância de minha loção pós-barba em seu rosto — uma lembrança que levará para o resto de sua vida

quisera nascer mariposa

ooo e habitar debaixo dos móveis, descobrindo as obscuridades secretas das mesas. Na embriaguez entorpecida da luminosidade do dia, percorreria, em seu declínio, os meandros labirínticos do meu cotidiano. Sem pernas ou rosto me restariam asas aveludadas e débeis antenas que nem finos dedos tateando o ar do mundo e suas gravidades noturnas.

Em patas de inseto, sustentaria o frágil corpo e suas amarguras, tão logo repousasse quieto nas intimidades das paredes. De perto as invisíveis rugas das superfícies são profundas fendas por onde escorrem rios de tempo. Em minha nova morada de mim abdicaria dos ecos de recordações das antigas clausuras infantis, onde, na imobilidade do voo, eu me protegeria em casulos tecidos de seda e pelo.

A um homem adulto e envelhecendo a infância é só antiguidade, porém, para as mariposas, é abandono e desconhecimento. As larvas recém-saídas dos ovos devoram famintas e insaciáveis seus breves ventres (a maternidade engolida alimenta, assim, o sono dos que aguardam asas). É nos sonhos de mariposa que libertar-me-ia dos pesadelos de mim, pois, em meus humanos devaneios, somente sonho o sonho dos alados.

Se a cada repente me surpreendo, inventar-me-ia então a cada voo e pouso.

Deram-me a vida e não me perguntaram o destino, batizaram-me em enxovais e nomes que não escolhi, ensinaram-me dialetos e palavras que já não pronuncio, mudaram-me tetos e vizinhos sem me consultar, retiraram-me amores antes mesmo que eu os soubesse amar (no balanço de uma trajetória pouco menos ganhei que perdi). Estou hoje tão avesso de mim que me recapitulo em diversas translações. Triunfante, por um instante, sou, nesta vaga hora, um homem findo e uma latejante imaterialidade que se suscita. Não concluo meu parto. Não me criei, quem sabe por medos ou se por impossibilidades (engordo-me de negações), apenas me aparto e me distancio das resignações, mais uma vez.

Protesto! Há em mim ainda uma brisa suave de revolta, embora jamais entendam aqueles que comigo convivem na cumplicidade de nossas conversas. Como mariposa, vou me alimentar de rosas e orquídeas; pra que sabonetes ou perfumes, se em minha boca trarei o néctar das flores?

Em meu impreciso adejar circulante não mais necessitarei das cordialidades corriqueiras com as quais me sufoco de acenos e cumprimentos. A vida não poderá mais me atingir com suas dores e exigências — os insetos não sofrem de existências ou separações, somente padecem de esmagamentos. Mariposas não sabem de si e de suas perdas, contentam-se com o mínimo de seus instintivos atos: repetidamente vão... sobrevoam... voltam... reiniciam... jamais se frustram; são elas a natureza nas casas e o contrário das convenções. Discretas, insistem no sigilo dos escuros — se quisessem famas ou brilhos não seriam mariposas e sim borboletas ou vaga-lumes. Cobiço os anonimatos dos cantos em que sossegam até o próximo voo.

Se por acaso houvesse antes sido mariposa, não carregaria agora tantas lembranças e urgências, nem sentiria o que dilacera em meu interior. Na insignificante pequenez, oculta do sol das manhãs, encontraria meu bom tamanho (preciso logo diminuir, para voltar a crescer). Contudo, Deus não me determinou asas, só crepúsculos, e as folhas que me alimentam são secas feito este despetalado peito. O céu é tão longe e tão quente, assim como o azul-amarelado da lâmpada que me hipnotiza e me derrete os sonhos nas noites que trago dentro de mim.

Quisera nascer mariposa

boa noite, mamãe

"Boa noite, durma bem". Era com essas brandas breves palavras que sua mãe encerrava o dia, como todos os dias, apagando a luz e encostando com leveza a porta do quarto. O menino em sua perplexa mudez não lhe dirigia de volta respostas, pois ela não fazia perguntas; apenas assinalava com enérgica determinação o exato momento em que fechava os espaços, trancafiando-o isolado em sua costumeira solidão noturna. Era uma frase terrível aquela que sempre antecedia, anunciante, o horror que logo se seguia ao surgimento das horas sem brilho, tão sombrias e tenebrosas quanto a métrica parte que lhe cabia na casa adormecida dos rumores diurnos. Prometera-se, à boca calada, que, quando filho tivesse, jamais a ele a pronunciaria, na ânsia dos pais em cedo amadurecerem os filhos, muito embora quando estes chegarem ao tempo de visitarem outros leitos, persistirá — em seus, agora, chamados velhos — o indocicado sabor das recordações encobridoras das vacâncias dos quartos ao lado. O gosto das reminiscências é o vestígio ainda não apagado das coisas passageiras, enquanto a nossa natureza pelas permanências aprimora a fatalidade dos desgostos; afinal, o que em nós continua é somente o que foi instituído pelos caprichos da memória. A ausência é a essência das lembranças.

Porém, à época em que o menino ainda idealizava filhos vindouros, como quem aguarda em tocaia sonhos aos quais entregar por inteiro seu espírito e suas inquietudes aos embalos incoerentes dos devaneios substitutos da vigília, soterrava o desejo pela ida à cama dos pais embaixo de toneladas de medo. Logo esse afeto primitivo, com o qual viemos à vida, que em seu impensado peso nos fixa ao chão do instante como as profundas raízes das estátuas públicas de mármore.

Por mais que a realidade e seus breus lhe assustassem o peito onde arfava, palpitante, o ímpeto de se apaziguar em meio aos seus, era maior o temor de se aproximar da cama de casal que a ele era imensa e sólida, ornamentada em robusta madeira maciça de lei, lugar que, com certeza, pensava, suportaria abrigar todas as crianças do mundo e o peso de seus sustos. Assim, por receio de que lhe impedissem o assentamento junto aos corpos alheios (de expulsão já bastava o útero), trocava as hesitações e as rejeições pre-maturas pelas assombrações habitantes do quarto escuro. O assobio das brisas invernais e o esvoaçar sobressaltante das cortinas bailantes frente à entreabertura das janelas, acenavam fantasmas de sombras e gemidos, que nem o vedar das pálpebras evitaria — o negrume sombrio do quarto muitas vezes era preferível à escuridão sem cor dos olhos fechados. Na rua, cachorros uivavam sentimentos inumanos enquanto o menino em sua cama escutava ruídos de menino.

Longos são os anos que separam o menino do adulto. Não mais existem os pavores infantis, abandonados naquele quarto onde hoje, possivelmente, dorme algum outro menino. Nem sequer restou a cama de casal proibida e seus residentes. Por que haveria ele de temer, agora, ilusórios espectros noturnais, se os fantasmas de suas perdas perambulam até mesmo à luz do sol? O menino formado homem sabe que a substância do medo é perene e dela é feita a solidão; o que muda é a sua aparência e a sua superficial presença. Talvez por isso os mortos virem assombrações: quando pequenos, tememos a invisibilidade das trevas e a cegueira da escuridade, esvanecidos reaparecemos indefinidos para sermos vistos, pois morrer não é perder vida, é desaparecer, e o exercício da eternidade bem pode ser o de espantar o sono das crianças, nesses tempos desérticos em que a saudade ocupa o vazio deixado no rastro da sonoridade impronunciável de um simples e breve "boa noite"

Maria não dorme mais aqui

"Já vou. Até amanhã", despediu-se, fechando a porta, a empregada — a quem denominava por vergonha, ou desprezo, de "minha secretária".
Como que em torpor, nem sequer lhe dirigiu um resmungo de volta, talvez nem notasse que somente sobrara ela naquela casa capinada de silêncios. Como antes estava, permaneceu debruçada sobre si mesma já havia bom tempo. Dispersa de atenções ou olhares, mal percebia o enegrecimento que aumentava, à medida que a tarde se esvaía, acariciando-lhe a silhueta magra com a sutileza de um reprimido amante que se vai sem dizer adeus, levando consigo impronunciáveis paixões inexprimíveis.

Jamais esse dia moribundo retornaria aos seus parcos afazeres domésticos, muito embora o tédio fosse seu único e último resquício de imortalidade. Quando, amanhã, o amanhã vier, com ele novamente Maria retirar-se-á de seus internos abismos para repetir movimentos e atos por entre portas e vãos, como se a existência toda fosse uma gigantesca casa, por onde perambulam as horas — essas ilusórias marcações de nossas repentinas passagens. Não é ela, pois, quem cresce, é a casa que diminui, a tal ponto e maneira que chegará o instante em que não haverá mais lugar a se habitar ou se guardar. Findar é se desabrigar dos tetos e das certezas.

Gostava de invernos. Abraçava, com a quentura maternal de uma mãe que nunca fora, o frio que lhe era agora companhia. Lá fora as pessoas corriam irrequietas, batendo umas nas outras, evitando a chuva intermitente e as poças d'água escurecidas de barros e asfalto; de sua janela por sobre a cidade pareciam formigas agitadas, flutuando desesperadas pelas calçadas, em busca de inúteis salvações.

Os homens externos navegam sem leme, cogitava, lembrando-se das remotas brincadeiras infantis, quando afogava formigueiros com suas coloridas bisnagas de carnaval (o perigo às formigas são as crianças solitárias e suas impiedosas vinganças lúdicas). Quantas culpas ainda lhe restariam a assombrar o sono, despertando madrugadas? O mundo lhe era então também uma imensa bola molhada que começava a partir da janela de sua sala — se acaso estirasse o braço à rua, recolheria a mão vazia, banhada de líquidos e ninguéns. Subitamente a incomodou a transitória ideia de ser a última formiga, sobrevivendo aos jogos sádicos de alguma outra criança, bem maior e mais solitária do que ela.

Ocupava-se de distrações e cigarros, enquanto a primeira chuva de inverno umedecia o vidro e a alma. Recolhida que nem um pássaro à tranquilidade de sua gaiola, observava, silente, os soluços da casa e a agonia dos insetos morredores. Em outras épocas e estações correria de imediato à televisão ou rádio a invadir-se de sons e barulhos alheios; porém, hoje, em que a noite inteira se encharcava, seu interior era duas vezes e um pouco mais profundo que o tamanho do universo. Em algum lugar que não ali, uma folha caía e declinava do céu para logo ser pisada na indiferença dos passos apressados. Quando já não mais chovesse, e é certo que um dia haveria de se fazer quenturas e claridades, limpar-se-iam as ruas e levariam seu amassado corpo seco de seiva e a vida continuaria seu ciclo e um galo cantaria.

A iminente coriza lhe escorria do nariz à boca, anunciando os inevitáveis resfriados invernais. Sempre sensível às mudanças e oscilações, aguardava a gripe e seus remédios com a mesma complacência de quando esperava o mar lhe devolver a tiara perdida nos mergulhos afoitos de sua meninice, a mesma tiara que fora o penúltimo presente de seu pai, dado antes de ele partir para nunca mais voltar, como aquela tarde cinza em que estava distraída de si à saída de Maria (atrás dos morros dos horizontes do quarto da empregada sepultam-se as tardes, em avermelhados cemitérios de pôr do sol). Anos depois recebera dele um cartão postal, última lembrança e notícia de seu paradeiro e de seu rupturo amor — crescera assim, na casa em que encolhia, farta dos homens e de seus prematuros abortos afetivos. De cedo, jurada não sofrer abandonos, cumpriu por completo sua promessa, cercando-se de móveis e objetos. As coisas, por não sentirem faltas, não buscam outras coisas, elas são fiéis a seus donos, não vão nem morrem jamais; no máximo, somente, quebram-se ou se inutilizam.

    O quarto da empregada não era amplo nem vasto, mal cabendo guardar todos seus inusados pertences. Os cacarecos e as quinquilharias de décadas amontoavam-se uns sobre os outros, emparelhadas e empacotadas com severa ordem e zelo. Cada pacote e cada reservado canto representava um ano, como se construísse organizadamente uma biografia de objetos, onde a história hibernava, empilhada e datada, anônima, por dentro de antigas caixas de papelão. Do seu passado apenas algo não encontrava guarida nos invisitados arquivos de si: o cartão postal, impecavelmente conservado em envelope de plástico transparente. Precisava dele e da força do ódio que tanto lhe suscitava. De tempos em tempos, perguntava-se se seu fugitivo pai lhe havia dado irmãos e, se assim o tivesse feito, quem seriam? O homem da padaria? A lojista do shopping? O motorista do táxi? O caixa do banco? A atendente do consultório? A mulher da casa ao lado? O transeunte que corre, protegendo-se da chuva? Qualquer um e nenhum poderia ser. As relações humanas lhe eram potencialmente fraternas e conhecer tinha sempre um leve sabor de incesto.

Inúmeros são seus irmãos, indefinidos rostos e ofícios, a eles não legaria seu espólio de caixas. Sem herdeiros ou descendentes, restaria, após, somente Maria e os comerciantes dos mercados de sucata. Breve mais um ano se encerraria, mais uma caixa se fecharia. Sua idade tem o peso dos objetos e o tamanho dos espaços que ocupam, desalojando Maria e suas pequenas mudas de roupa. Nas raras vezes em que lhe dirigia o olhar, sem a exigência do cumprimento dos mandos, não entendia como aquela triste mulher, cujas mãos calejadas de vida e a face camuflada de rugas, mais velha e mais sofrida do que ela, podia arrastar consigo miúda trouxa de tão poucas propriedades. Era como se a juventude fosse uma questão de menos quantidade. Por isso achava que deixaria a Maria o quarto que a esta nunca pertencera e o fantasma de si mesma, assombrando aranhas e baratas, a principiar coisas que sobreviveram.

Uma noite pode ser longa quando dela nada se espera; porém, a interminabilidade do momento tem o instante de seu término. Os iniciantes raios de sol despontam como lâminas rascantes por entre nuvens esvaziadas de chuva. O mormaço que se prenuncia logo exalará o cheiro nauseante dos esgotos entupidos, e as águas empoçadas, ao contrário das folhas, retornarão aos céus, levando a escuridão que se foi, (quando outra vez se fizerem tempestades, choverão noites sobre a cidade). As pálpebras areiam-se de sono. Não é hora de dormir, pensa, e sim de acordar. O ruído da maçaneta da porta que se abre a faz lembrar, e pede, como quem ordena, antes que se dê bom dia: "Maria, me vê um chá de alho e o xarope que está em cima da geladeira"

ecco homo

Amanhecia antes do amanhecer do dia para poder acompanhar, tristonho, o funeral da noite. Não entendia por que se dormia, pois o sono é o descuido da vida e ela é tão ligeira e veloz que o entorpecer dos sentidos é a usurpação da existência e de seus absurdos. Não necessitava fechar as pálpebras para sonhar, preferindo o desvario da lucidez à inexpressividade preguiçosa da imobilidade. Vígil e desperto, acordava para dentro sem o assombro costumeiro daqueles que fogem das imagens refletidas nos espelhos dos próprios olhos. Se estar vivo não lhe fora uma conquista, mas uma herança, a quimera era, para si, a singular possibilidade de prosseguir continuando.

Sua elegante aparência, propositalmente desleixada, dava-lhe um ar solene de querubim barroco, embora a barba eternamente malfeita e os parcos fios grisalhos sobre a testa calva, ligeiramente enrugada, denunciassem-lhe os anos. Um homem de meia-idade não devia sair por aí arrastando suas histórias e acumulando outras. Um homem acima dos quarenta — ensinara-me minha mãe — devia ser comedido, responsável, coerente e resumir o espaço de sua vida à casa, ao trabalho, ao carro e aos churrascos de finais de semana. Irritava-me ouvir que a vida só tinha quarenta anos. Após, a gente se congela e vive de conversar passados com os conhecidos, rememorando o quanto era bom à época em que não conversávamos, apenas vivíamos irresponsáveis as histórias que ora falamos. No inventário de uma vida parece restar, ao homem de meia-idade, as aventuras piscantes dos filmes de televisão e as emoções seguras dos canais por assinatura. A poltrona da sala toma o lugar do risco, das mangas roubadas, dos braços quebrados, da embriaguez festiva dos flertes ingênuos de sábado.

Era diferente aquele homem quase alinhado, com sua barba malfeita e poucos cabelos grisalhos. Trazia-me sempre pedaços de poesia recolhidos dos bolsos das calças amassadas e rascunhados em cotocos de papéis encontrados. Ofertava-me ele fragmentos de versos, alimentando-me, como um ancião desocupado nas praças alimenta os pombos. Nunca terminara um poema sequer. Sua poesia, dizia, era livremente interminável. Afirmava ser inútil terminar poemas, eles davam trabalho mais do que um feto e para quê? Perguntava respondendo: para serem devorados em um minuto? Rejeitava lapidar seus versos. Feito um garimpeiro, retirava-os do mundo donde brotavam, como as cidades brotam dos asfaltos. Por isso sua irrequieta ânsia de papéis e canetas: para não deixar escapar a beleza e a dor do súbito repentinamento.

Aquele homem grávido de poesias socava-me cotidianamente, revertendo minhas pacatas interioridades. Com ele aprendi que uns óculos não são óculos, são sentimentos. Não era ele de casas, mas de ruas. Nas poucas vezes em que adormecia era debaixo das árvores, anestesiado de bebida e de sol. Até os pássaros silenciavam, respeitosos, em homenagem àquele pequeno homem magro deitado, adubando a terra muito antes do que devia. Do seu sono raro nasciam as árvores e os sonhos coloridos dos homens incrédulos. Nunca fora de casamentos, embora houvesse tido mulheres e diversas o possuíssem — dizia que as âncoras não foram feitas para segurar os barcos, mas para prendê-los. Aquele homem de ninguém era assim vagante e vago. Meio vesgo, surpreendia-se ao se olhar, toda vez que se via.

Agora que sou também homem maduro, sinto saudades do boêmio poeta de minha juventude. Nunca mais o revi nas horas undécimas das madrugadas, talvez porque eu já não suporte crepúsculos e me deixe quieto na angústia doméstica das televisões. Frente ao espelho, no banheiro, pareço reencontrá-lo cheio de versos, sorrindo para mim, ao tempo em que passa a mão pelos ralos cabelos brancos de sua cabeça que agora é a minha. Hoje, como nunca, quisera o engano de minha mãe

de volta pra casa

Venho de muito mais longe do que aqui estou, quando sou um longo e percorrido rio a desaguar seus volumes em um imenso mar de mim. Às vezes, e não são poucas as vezes, encontro-me assim, já não me cabendo de tanto eu.

Qualquer dia desses me derramarei além das bordas e, no transbordar de meus excessos, misturar-me-ei à água e lama dessas poças em que agora piso.

Sinto-me tão enchido e tão represado que custa o caminhar de cada passo no regresso para casa. Arrasto-me, portanto, em ruelas e becos, esquinas e cruzamentos, curvas e retas, como se meu curso fosse voltar para, depois, retornar a voltar de novo. Não fui feito, embora seja afeito, ao destino dos desvios.

O céu noturno é límpido de nuvens e lua. Quem me alumia não é o luzir debilitado e remoto das parcas diminutas estrelas, mas sim a artificialidade fluorescente dos postes onde qualquer visibilidade de mim é a inautenticidade postiça de um homem.

Percorro calçadas antes iluminadas por candeeiros, margeando os casarios em cujas sacadas velhos fantasmas presenciam minha transitoriedade com olhares de fatigados de mais de um século. Por essas mesmas antigas ruas caminhou e viveram meu pai, suas dores, glórias, mágoas, amores e perdas.

Ali onde se senta o insone bêbado... será que houvera ele de falar de si e ouvir os outros? Quisera saber, em suas intermináveis conversas madrugais: falava ele de mim, quando eu nem sequer ainda existia. Que lugar ocupa um filho, na cabeça de um pai cuja paternidade é somente promessa? Não conheceu ele o boiar que aqui agora está, assim como não conheci seus incorpóreos sonhos. Talvez melhor que eu, para todo o sempre, a materialidade de um filho porventura desejado — ainda assim não teria ele em conta o rol dos meus fracassos.

Gargalha a puta estridentes risadas de bordel, enquanto o cachorro ladra sem intimidades, ao largo de minha passagem. Trago em minhas roupas restos da recente noite e seus simultâneos odores de nicotina, perfume e álcool. A cada instante em que se aproxima o sol, busco me livrar das minhas magras sobras, espantando a camisa como quem se livra de pós e sujeiras.

Derrubo no chão salpicos escuros de noite, não sei que horas são. Temo olhar o relógio que propositalmente guardo no bolso direito da calça — afinal, olhar relógios, assim como olhar calendários, é tarefa daqueles que reconhecem o avizinhar de seus términos. Tenho toda minha vida aprisionada no girar dos ponteiros e nos dígitos algarismos dos relógios, por isso me falseio de rejuvenescimentos, negando o tempo. Que ninguém me pergunte as horas. Não responderei minhas idades.

Do outro lado da cidade, meninas dormem, na espera de serem mulheres do amanhã, no momento que já estarei mais perambulando em bares e festas, encontros e desencontros, à procura de impossibilidades (estranho... buscas o amor de uma mulher que ainda não chegou).

Ah! soubessem os infantes do meu erro, não cometeriam este meu único pecado: deixar de ser criança. Não sofreriam eles o sofrer da nostalgia e o arrependimento dos crescidos. Devia-se punir os meninos de imaginarem ser adultos, para os adultos não sentirem saudades de serem meninos.

O dia principia em seus rituais de amanhecer e são outros os personagens que, ao meu redor, circulam. Estivadores, operários, garis, empregadas domésticas, trabalhadores braçais e humildes substituem a boemia insatisfeita, recolhida à inevitabilidade da próxima noite. Quem me permanece fiel é o bêbado, sentado no lugar do meu pai. Acena-me com manear zonzo da cabeça e tolo sorriso. A distância cumprimento meu passado, como há pouco me despedia do futuro ainda não acordado nos leitos infantis das mocinhas. O que pensa Deus de mim, neste instante quase matinal? Deus dorme feito menina, sonhando outros diferentes mundos.

Solitário e impensado, tenho convivido mais com as noites do que com os dias. Já não me aguento. Cansado e cheio, decido repousar minhas abundâncias antes que tudo inunde por onde passo. O boteco do mercado, ao contrário de Deus, não dorme. As padarias logo abrirão suas portas e teremos pães quentinhos. Macaxeira com charque e um copo de leite morno (ainda de ontem) forram meu estômago vazio, preparando-me para o dia que breve se inicia. Não tenho pressa, nem sei as horas. Do outro lado do rio e da cidade, ninguém me espera.

Mastigo devagar e sem saborear, sorvendo lentamente meu primeiro café de hoje, como se isso, afinal, tivesse enfim alguma importância

quarto de tia

Pela porta entreaberta podia ver a minha tia adormecida em seu cochilo costumeiro de após almoço. O assossegamento dos anos dava-lhe o ar sereno daqueles que nunca viveram maiores sobressaltos. Parece que a vida fora somente uma rasa d'água por onde navegava sem qualquer risco de naufrágio.

Em sua superficialidade existia ela, por sobre todas suas profundidades. Dela jamais se soube uma queixa sequer, nem mesmo um suspiro de sua boca saíra, quando seu antigo noivo de muitos anos desaparecera em acidente de avião nos altos andinos. Do noivo, do avião e dos demais companheiros de viagem e infortúnio nenhuma notícia ou paradeiro.

Os sonhos de se casar e de ter filhos, como de hábito nas mulheres de sua época e idade, sepultavam gélidos e encobertos pela palidez das neves infindas, tão brancas e fartas como os fios de seus cabelos atuais. Do amor de toques soube apenas o que é o beijo — furtivamente doado na despedida de um aeroporto.

Dormia tranquila minha tia, a preencher a vacância permitida de minha mãe. De mim nunca sentira a dor de um parto. Triste é o destino de uma mulher que do substituto filho somente ouvia o pronunciar da palavra tia.

Na penumbra imposta pelas cortinas podiam-se ver os santos, terços, crucifixos e molduras com retratos santos. Em meio a tudo e a tudo alheia, minha tia venerava censurados pecados. Naquela atmosfera de bolor e passado habitava um deus esquecido dela, e, por temer esse deus severo e mudo, nunca me encorajei a entrar em seu quarto. Seu quarto era uma capela onde, em seu trancafiado refúgio, assistia a vida pelos ruídos e barulhos que vinham das ruas.

Minha tia enrugava-se e se engelhava a cada instante, porém seus santos eram os mesmos de antes (injusto que os santos não acompanhem o envelhecer dos seus devotos velhos). Aquelas suas rugas não eram rugas, eram hieróglifos onde alguém um dia pudesse decifrar sua analfabeta história. Sei que ela morria enquanto eu crescia, e o meu crescer se alimentava do seu constante morrer. Contudo, a ela desimportava o falecimento dos seus repetidos dias.

Cada amanhecer era-lhe um cerimonial de despedida. Despedia-se, assim, a cada segundo, dos seus objetos. Minha tia era uma pura vida de adeuses. Se não viveu uma vida intensa, viveu inteiramente a intensidade dos sentimentos. Do amor, amou dois mortos: um na distância dos Andes e o outro na proximidade dos quartos.

Do ódio odiou o abandono dos seus ambos ausentes. Talvez entenda este meu legado: herdei um tio que eu não tivera, e a frialdade com que movimento meus gestos. E, assim como minha tia, não uso branco; apenas preto, marrom, cinza e azul-escuro.

Pela porta entreaberta podia ver o modesto sono de minha tia. De que desaparecerá, ela, de meu cotidiano? Apenas no depois hei de encontrar a resposta. O que hoje tenho — e amanhã, assim como Deus, esquecerei — é essa minha tia que dorme seu sono de décadas, desinteressada da sua própria morte ainda não morrida, encontrando-me, feliz e amada, no universo onírico e descolorido dos seus sobreviventes sonhos

anonimato consentido

No meio do dia havia a tarde, a preparar o velório do apagar do sol no sepultar da noite que se avizinhava. Mais um dia em que nada desbravara, exceto as ruas já conhecidas e os parcos frequentes transeuntes e suas superficialidades mornas. Não conquistara reinos, não salvara princesas, nem subjugara dragões. Seu maior triunfo fora a camisa nova de linho que comprara em liquidação com cartão de crédito em quatro vezes sem juros. O presente se somava ao passado, com o parecido sabor das anterioridades hoje pretéritas e mortas.

Poucas palavras próprias usou, afora as cerimoniosas e as reiteradas corriqueiras que aprendera nas escolas e nos catecismos das igrejas. Dele mesmo nenhum pensamento, ideia ou conceito emergira de sua obscura profundidade privada de voz e fala. Desde cedo o amestraram e o instruíram de que menino bom é sempre um menino bem-educado e cumpridor dos deveres que lhe impuseram como se fossem dele. Era remoto aquele breve momento pueril em que quisera abrir o colarinho abotoado a lhe apertar a garganta naquele aniversário de família tão abafado de gente e calor. Quantas infâncias não são caladas ao grito?

Crescera pela casca e não lhe conheceram a gema. Como um ovo apodrecido e infértil, acinzentava-se longe de olhares, mas protegido de juízos e críticas. Sorrira quando lhe era permitido sorrir. Dava cambalhotas quando lhe pediam e abanava gestos quando outorgado.

Amaram-lhe pelo outro que não era ele, e sim o que queriam que ele fosse. Não desmentiu e nenhuma vez sequer foi rejeitado. Jamais contradisse ou destoou. Jamais protestara ou retrucara. Jamais vira cara feia de volta. Jamais ninguém soube dele e de sua verdadeira substância, sequer a íntima imagem sua no espelho.

E assim passam-se os minutos e as horas, às vezes lentos e intermináveis, outras vezes velozes e vertiginosos. E assim foram feitos seus dias, de simulações e reprises. Os anos vieram e se foram e ele ali, sempre um bom menino educado.

Quando um dia abrirem seu testamento, descobrirão que legou ao tempo seu pequeno tesouro de muitos disfarces e um pouco menos de quase nada

sob o véu da noite

Você já teve dias em que acordou com vontade de não ter de acordar? Que teve amanheceres para onde nossos sonhos não transbordaram? Você já teve dias como esses em que acordamos e ninguém nos espera do outro lado? E que, despertos, nada mais nos resta senão nos resignarmos a transitar por objetos e corpos, no cumprimento matinal das obrigações corriqueiras?

Você já desadormeceu com aquele gosto um tanto amargo na boca das ilusões mortas? E que você escorrega vaporizante pela vida, na expiração dos minutos passageiros? Tem dias que a noite deveria ser o ponto final do dia e não uma vírgula pausada entre o tardio de um dia e o alvorar imaturo de mais um outro dia.

Por que nascem os dias se eles se findam no entardecer dos poentes próximos? De que nos servem as madrugadas, senão para celebrar o fenecer do ontem, na artificialidade inventada dos homens? Se a noite é o sepulcro do dia, o despertar dos músculos e dos sentidos é o velório de mim.

Ah, noite alada! Por que seu despedir é tão invisível e repentino assim? Para onde vais quando me deixas? Tu, que antes era tão imensa e enormemente escura, e que trazias contigo o apagar das luzes no acender dos sonhos, onde depois te escondes novamente? Já te procurei tanto e por diversos cantos e cômodas do quarto. Ao fugires de mim carregas contigo todas as promessas que faço aos travesseiros; todas as aventuras, destinos e mulheres que jamais terei.

Ah, enganosa noite! Faz-me, no teu chegar, o mudar dos pensamentos e, no teu desaparecer, o hibernar do menino. Recolho-me à cama sem terços ou rezas. Apenas as sombras e os fantasmas me acompanham neste descer de mim, no entorpecimento da carne e dos nervos. Os relógios param seu tempo, enquanto vou-me afogando nas brumas enevoadas das imagens que carrego e as que nem sei que carrego em mim. Ao distrair-me dos meus acordados, descortino-me por inteiro e, quase como que assustado, eu me transformo em um fantasma de quem sou, uma essência solitária que me espanta em seus desabrochamentos.

Os dias são longos e as noites são curtas e apressadas. Quero ter a pressa da noite, pois meus sonhos são afobados. A claridade dos dias poda minhas apetências. Os escuros da noite, não.

Na calada das sombras e na escuridão do quarto caio no desvario das minhas alucinações mais endoidecidas. Lá sou rei; lá sou Aladim e espadachim; lá sou Simbad a navegar por mares e monstros; lá sou herói e sou bandido, sou mais épico do que Perseu. Lá sou tudo o que quero ser, sem renúncias ou consequências. Lá não sou incerto, é certo. Lá sou o escolhido e o preferido dos deuses. É na quietude da cama que me transcendo e sou pleno: o mais que perfeito que posso de mim.

As noites são feitas de pálpebras, que, descendo levemente, e calmas, me enterram o dia e suas claridades. Embriagado de sonolências me desperto, e despertando desnudo-me das máscaras e dos disfarces. Agora, totalmente desmascarado, bizarro e extravagante, percorro meus interiores como um forasteiro recém-chegado de um país estrangeiro. Se a noite em um quarto de abajur hibernado é prenhe de breus, por dentro clareio-me e amanheço. E assim embarco em busca de auroras que as manhãs não me dão. Puro, limpo e desobrigado, alheio ao fora de quem me despeço, perco-me do dia, para me achar na juventude da madrugada que o anoitecer antecede.

Na substância do tempo que a métrica dos calendários e dos relógios não marca, ausculto os sussurros e ruídos de minha clandestinidade. O dia se foi e, com ele, suas miragens. A noite é verdadeira e sincera. Com ela se vai o colorido das paredes e fica o céu decorado do teto que me encobre e engole. É na madrugada que minhas metades se encontram. Juntas, escrevo cartas às estrelas e recolho os mortos, enquanto sonhos povoam o embrenhar de mim e de meus mistérios.

Minha alma pulsa por detrás da letargia. É no torpor da sonolência e no entorpecimento dos nervos que sou duradouro, perpétuo e imortal. Não matem a eternidade ao me acordar. Deixem-me sossegado aqui, no canto beirante do quarto e do mundo, pois cá meu sono é minha pátria e minha aldeia. Sou todo o universo quando durmo. Não quero acabar somente porque já é dia. Não trago mais vontades de vestir aqueles mesmos velhos trajes e trafegar por aí farsante, agora que depus os disfarces e continuo a criança que sempre fui. Sou como Fernando Pessoa: entre mim e o que há em mim corre um rio sem fim. Não me quero desaguar na manhã deste outro novo dia, afinal todo o dia é tudo tão mesmo dia que não há um dia sequer que não queira que seja outro novo dia.

Ah, as noites e suas negruras! Existem aqueles que as temem e os que nelas vagueiam. Prefiro a cerração e o bailar das sombras do que as linhas nítidas das manhãs. Sou mais das horas dúbias do que da exatidão reta das claridades, pois é no desaparecer do sol que solto meus próprios vampiros e eu mesmo me transformo em um espectro, a afugentar meus assombramentos diurnos. Sou filho do ventre da noite. É nas suas entranhas que habito isento e sereno, sem os queixumes corriqueiros e os pecados contidos dos dias. Nas noites dos abajures calados tudo que me é externo se dissolve, e encoberto de escuros reapareço por detrás das costelas.

Há noite da qual não devíamos acordar. Dormir abraçado comigo, esquecido da brevidade da vida e de seus cemitérios. Dormindo, penetro nos subterrâneos daquele que leva o meu nome e sobrenome. Dormindo, sonho — sonho sonhos de menino. É lá que tenho o colo da minha mãe e de onde miro o encantar do mundo do qual um dia me desencantei. Há noites em que não devíamos acordar, apenas continuar...

domingo sincopado

O cinza de junho já nos encobre as cabeças protegidas pelos tetos dos apartamentos e das casas. Em nossas pequenas colmeias cercadas de cotidiano olhamos as ruas molhadas e os intermitentes pingos de chuva. Quase não ouço o cantarolar matinal dos pássaros. Tudo lá fora parece tão deserto quanto os cemitérios que trago dentro de mim. A cerração que desaba sobre nós pode reduzir a visibilidade dos horizontes, contudo aprofunda-me de interiores onde encontro revividos os meus mortos.

Por instantes sou londrino e sou úmido, sou um inteiro silêncio cheio de sussurros. As vozes que me vêm de longe e de ontem ensurdecem-me dos pequenos ruídos domésticos. A neblina que de fora da janela não se forma aproxima-se de mim, e agora me vejo assim enevoado pelo contato das minhas superfícies com meu solo.

Algo se forma em minhas particularidades contidas quando, privado do sol, torno-me uma bruma condensada pela evaporação das lembranças. Estou como sempre estive desde a minha infante juventude: só e cercado de livro por todos os lados. Será isso que sempre fui? Será que sou uma ilha sem pontes, ou será que sou um estrangeiro em minha própria casa? Talvez eu seja um exilado do futuro do meu passado, um expatriado do território de minha história. Seja lá o que eu realmente for, somente sei que não sou quem poderia ter sido. Entre a criança e o homem há um intenso corte, e essa cicatriz que de muito carrego me faz sempre lembrar que sou um Joaquim descontinuado.

Herdo dos meus ancestrais esse baú de memórias. Entre quinquilharias várias, resquício de uma civilização familiar fenecida lá está, como quem me espera, uma antiga fotografia de minha infância não menos antiga. Por detrás do preto e branco manchado de tempo a criança me olha através dos anos. O que pensa ela sobre o que sou? Será que em seus ingênuos olhos, cujo olhar que vem de tão longe pelas frestas das reminiscências, sonha ela futuros imaginários onde não habitarei? Contemplas o teu pior pesadelo corporificado no colorido cinzento do hoje que antes te era amanhã? O que tu vês menino com estes olhos que um dia já foram os meus?

No mirar de minha mocidade primeira escondem-se desejos que agora me chegam transformados em vagas lembranças. Ficaram tão aprisionados como este meu olhar desbotado, nos instantes distantes que a foto não flagra, as aventuras galácticas do astronauta que jamais me tornei. Os monstros alienígenas que tantas vezes derrotei estão enterrados junto aos brinquedos esquecidos em algum lugar do armário que já não existe mais. A eternidade da infância parece terminada ali naquele retrato de um minuto congelado. Durei apenas a perpetuidade finita de minhas fantasias pueris, cuja pureza agora se perde no encontrar deste comigo adulto. Desculpe-me meu ontem pelo hoje que te oferto.

Afoguei meus sonhos com o acumular dos aniversários. Andei por becos e ruelas, dobrei esquinas e segui em frente por vias estreitas ladeadas de elevados muros e aqui cheguei depois da última curva. Meu itinerário foi feito pelo passear impreciso dos silentes pés. Afastei-me tanto do menino, agora eu sei, que chego até a duvidar se nasci menino. Talvez eu não tenha sido uma criança sonhando com o adulto, mas um homem que sonha com a criança. Minha vida tem sido uma noite inteira onde sonâmbulo transito entre uma quimera e outra. Isto o que sou: um intervalo onírico onde me construo como um castelo no ar.

Sim, tornei-me este homem interrompido, uma criança inacabada. Minha humanidade toda é feita do que não fiz e do que nunca farei. O passado permanece em mim colado como uma segunda pele que por debaixo do tecido carnal que me encobre e que se expõe nos espelhos encapsula a minha mais verdadeira substância. Em meio à derme e o esqueleto encontra-se um Joaquim pretérito vindo de uma era anciã que não caducou ou sepultou seus apetites. O anoréxico sonhador em que me converti é o oposto do bulímico que outrora já fui. Fiz-me assim de sonhos vomitados.

Acaso fosse uma fruta estaria apodrecida no asfalto urbano e infértil de minha existência. As sementes que nela residem não tiveram a sorte de encontrar o pó da terra para germinar. E como um filho a quem não coube ser pai sou ao mesmo tempo órfão e estéril, pois infecundei minha vida com a fecundidade das minhas perdas.

O rei tornou-se súdito, o guerreiro tornou-se covarde, o médico virou paciente e o espadachim transformou-se em escudo. Nada do que quis ser se fez. Nada do que sonhei transbordou-se em realidade. Tudo que fui era apenas brincadeiras, folias de um menino que se levava a sério, enquanto o homem que aqui escreve e que se acredita sério somente é um pálido reflexo de um folguedo juvenil. Uma galhofa com número de identidade.

Nestes dias em que ainda respiro sou um rei sem reinado, sou um guerreiro entediado em tempo de paz, e o branco que me encobre é tecido pelas ausências das realizações. Como posso esgrimir se perdi a espada? Como posso voar em espaços siderais se a minha nave ficou ali no distante olhar da criança neste retrato que me olha sem me amar? Sou um caubói sem cavalo, sou somente aquele que escreve poemas para purgar suas moras e suas culpas.

Mas se eu continuasse a ser quem era e quem poderia ter sido não seria hoje quem sou. Não sendo quem sou, não escreveria o que ora escrevo, nem pensaria ou sentiria o que penso e sinto. E assim não seria eu: seria outra pessoa. Não conheceria quem conheci, não amaria quem amei e amo, não derramaria as lágrimas que derramei, nem muito menos sorriria os sorrisos que sorri. Sequer teria hoje as nostalgias que tenho. Seria tudo então tão diverso e diferente que já não me reconheço antes de onde me interromperam. Minha continuidade, portanto, é esta própria descontinuidade que chamamos de biografia ou história. Definitivamente não sou um homem interrompido, mas um homem percorrido que olha os dias com olhos de menino triste

nada

De que é feito o nada? Como pode haver o nada? Depois de tudo que vivi e que ainda viverei é isto o que me resta: o nada? O tudo vira nada? E o que é o nada? Ausência do tudo? O vazio absoluto? Vácuo sem fim? Qual o maldito que inventou o nada? Dizem que viemos do nada e para o nada iremos. Mas não quero ir para o nada. Prefiro ficar por aqui cercado de interrogações no afogar das minhas tantas incertezas; afinal, se o nada é feito de nada, então ele é um lugar nenhum, um oposto de mim que está além e depois de mim. E, se assim for, o nada será o absoluto negativo de mim.

Será o nada o oposto da vida? Mas se o oposto da vida é a morte, por que então existe o nada? Ou será que ele inexiste? Às vezes chego a crer que a vida é um aparecimento no meio do nada, e o nada é o seu desaparecimento. Vai ver que na verdade somos nada; o que somos — ou acreditamos que somos — são apenas ilusões psicológicas. Vai ver que tudo é psicológico e emocional, e no fim o que temos é nada. Por isso que não consigo pensar no nada, pois não há psicologia de onde vem o nada.

Bandeira podia querer ir pra Pasárgada, mas eu não quero ir para o nada. Lá não há rei nem camas, nem mulheres, sequer, para se escolher. O nada é a falta de tudo, mas se no nada tudo falta, então no nada faltará a consciência da própria falta. E se, no nada, me faltar a falta, logo não terei desejos e nem sentirei faltas ou saudades, nem tristezas ou banzos, lembranças ou melancolias. Não há mortos a quem chorar, no nada. O nada além de incolor é também indolor. Não há dor, sofrimento ou agonia, aflição, remorso ou qualquer outro padecimento. Depois do nada ninguém mais envelhece ou morre. Talvez seja melhor rever meu medo sobre o nada e sua existência impensável. Ainda assim não quero ir para o nada, já que no nada não há nenhuma rosa para se amar e nem o meu menino pra me evocar.

Se um dia para o nada eu for, desde logo saibam que meu ir é contra minha natureza. Quem, depois de mim, pensará nos meus pais? Quem, depois de mim, haverá até de pensar em mim? Após as primeiras e rápidas lágrimas, serei de pronto esquecido. Não posso querer ser esquecido, logo eu que não me esqueço dos meus sonhos, logo eu que demorei tanto para ser o que sou, e ainda nem mesmo sei quem sou.

Agarro-me aos sonhos e à memória, para não ser sugado para o nada. Lutarei que nem Quixote contra este inimigo silencioso e cego chamado de nada. Enquanto em mim houver esperança, sei que não serei nada. O nada é diferente de mim. Nele não posso existir e, não existindo, então, nada mais me interessará. Por isso teimo em negar o nada que, por sua vez, é a própria negação de mim e de tudo. Nego o nada para continuar existindo, tão somente.

Caso quisesse clamar aos céus, o que encontraria? O universo e suas parcas estrelas. O universo quase inteiro é mais feito de vazios e silêncios. É como exclamou certa vez o físico, matemático e filósofo Pascal: *o silêncio desse espaço infinito me apavora*. Talvez não sejamos apenas nós que estamos sendo, aos poucos, sugados para o nada. O próprio universo — dizem alguns astrônomos — está prestes a ser tragado para dentro de todo o vazio. Em algum instante, nada mais restará no universo, nenhuma partícula ou átomo, nenhuma luz ou memória.

Assim como o poeta Manoel de Barros, *não preciso do fim para chegar*. Já sou por dentro tão cheio de vazios. Sussurro-me de silêncios em mim. No ínfimo do meu íntimo sou atemporal e nada me falta a não ser a falta que sentirei um dia de mim. O nada que me espera é antecipado de adeuses.

Desaparecer e inexistir é medo de quem existe. A existência é um breve e rápido tímido suspiro, enquanto a inexistência é um mergulhar irretornável nos porões obscuros da eternidade sem volta. Assim, quando a vida houver em mim vivido, recolher-me--ei, contrariado, ao nada — e de lá nada mais saberei daquele que um dia fui, daquele que em nenhum dia conseguiu ser e daquele que um dia deixou simplesmente de ser. O nada, um dia, sempre aparece

epílogo

A vida só termina quando a vida acaba. Parece óbvio, não é? E é. Um dia aparecemos para a vida e para o mundo. Um dia desapareceremos para a vida e para o mundo. Todos sabemos disso. Contudo, cabe a nós, humanos, buscarmos um sentido para a existência. E, muito provavelmente, a vida em si mesma não tem sentido (ao menos no sentido humano que queremos que ela tenha). Bem afirmou Shakespeare: *a vida é uma história contada por um idiota, cheia de som e de fúria, sem sentido algum.*

Não obstante a vida maior poder não ter sentido, é necessário ao ser humano dar um sentido à sua vida, ou à sua passagem nela. O físico, astrônomo e cosmólogo Carl Sagan entendia que *o universo parece não ser nem benigno nem hostil — apenas indiferente.* Sim, o mundo, o cosmo e o universo não estão nem aí para cada um de nós (*somos poeira das estrelas*[16]). Somos nós que não somos indiferentes nem insensíveis à vida e ao mundo. O estar-se vivo não se resume tão somente à biologia e à sobrevivência. O humano é mais — muito mais – do que isso, meramente.

O neuropsiquiatra Victor Frankl tinha plena convicção de que a vida do bicho homem não é exclusivamente uma vida de instintos. É da nossa natureza ou essência encontrar um propósito para nossa vivência. Um indivíduo sem destinação é um ser existencialmente

---

16 Carl Sagan (1934 – 1996).

vazio. Vivemos em uma espécie de interface entre o que se é e o que queremos ser. E isso nos move, inquieta, sacode, empurra-nos e nos puxa para a frente, ao mesmo tempo.

A vida e o mundo humanos não são uma reprodução fidedigna da vida maior e do mundo circundante. Cada pessoa tem uma vida e vive o mundo de maneira específica e própria, embora muitas vezes compartilhada por outras. Da mesma maneira que, para o filósofo Nietzsche, a verdade é um ponto de vista, também podemos considerar que a vida (o viver) é também um ponto de vista. Por isso, sofremos (mais frequentemente do que gostaríamos) de uma certa incomunicabilidade e até ensimesmamento; afinal, se nos comunicamos com gestos e palavras, nem sempre os sentimentos, sensações, percepções e vivências subjetivas e sensíveis são facilmente compartidos ou compreendidos. A intersubjetividade, porém, é necessária e até vital existencialmente. Ninguém é – ou deveria ser – uma ilha. E mesmo que assim fôssemos, teríamos que construir pontes a interligá-las.

> *Eu não sou eu nem sou o outro,*
> *Sou qualquer coisa de intermédio:*
> *Pilar da ponte de tédio*
> *Que vai de mim para o Outro.*
> **Mário de Sá-Carneiro**

Isto o que sou. Isto o que somos: um intermédio entre o eu e o tu; entre o *self* e a vida.

O filósofo existencialista Jean-Paul Sartre sempre afirmou que *a existência precede a essência*. Nesse sentido, a existência representa estar vivo; isto é, inicialmente surgimos ao mundo e só depois definimo-nos. Sim, naturalmente somos, ao início da vida, um potencial de vir-a-ser, ou uma espécie de massa de modelar cujo material de origem é plástico e moldável. As experiências e vivências que temos e as circunstâncias em que estamos inseridos vão dando forma ao ser que estamos nos tornando. Ninguém é logo definível, desde o nascimento. Ninguém nasce pronto e acabado. Eu mesmo não nasci o Joaquim que sou, embora já tivessem me dado esse nome antes até de eu nascer. Inúmeros eventos, acidentes de percurso, incidentes, intermitências e vicissitudes várias foram, aos poucos, formatando-me e me singularizando, conjugados às oportunidades que a vida me deu e me tirou, bem como minhas escolhas e desescolhas, indecisões e decisões, acertos e erros. Sou, como todos somos, uma invenção construída diuturnamente e inacabada. Parafraseando Nietzsche, tornei-me isto o que sou.

A vida é uma experiência radical demais para que eu me assossegue. Viver já é, por si próprio, um espanto e um assombro. O mundo se apresenta frente a nós como algo sempre inédito e extraordinário, algo a ser continuamente explorado. Aceito, pois, o ensinamento do dramaturgo Eugène Ionesco, quando nos sugere mergulhar, sem limites, no espanto, na estranheza e na estupefação.

Se apenas vivêssemos a vida, estaríamos somente existindo, não vivendo, pois viver é sentir e sentir é viver — como bem sabia o poeta Fernando Pessoa, quando disse que *pensar é viver e sentir não é mais que o alimento de pensar.* Sentir, pensar, existir, viver e ser quem se é. *I sentio ergo cogito, cogito ergo sum*

Esta obra foi composta em Demos Next Pro 11,6 pt e impressa em
papel Pólen soft 80 g/m² pela gráfica Color System.